W0331343

Jacqueline Woodson
Ein anderes Brooklyn

Jacqueline Woodson

Ein anderes Brooklyn

Roman

Aus dem Englischen von Brigitte Jakobeit

PIPER

Mehr über unsere Autoren und Bücher:
www.piper.de/literatur

Die Originalausgabe erschien 2016 unter dem Titel
»Another Brooklyn« bei HarperCollins, New York.

MIX
Papier aus verantwortungsvollen Quellen
FSC® C014496
FSC
www.fsc.org

ISBN 978-3-492-05865-0
© Jacqueline Woodson, 2016. All rights reserved.
© der deutschsprachigen Ausgabe:
Piper Verlag GmbH, München, 2018
Satz: Tobias Wantzen, Bremen
Gesetzt aus der Dolly
Druck und Bindung: GGP Medien GmbH, Pößneck
Printed in the EU

Für Bushwick (1970–1990)
Zur Erinnerung

Geh immer geradeaus
Und dann nach rechts, dort steht
Ein blühender Pfirsichbaum.

Richard Wright

1

Meine Mutter war lange nicht tot. Aber meine Geschichte hätte tragischer sein können. Mein Vater hätte dem Alkohol oder den Drogen oder einer Frau verfallen und meinen Bruder und mich uns selbst überlassen können – oder gar der Obhut des New Yorker Jugendamtes, was, wie er sagte, nur selten gut ausging. Doch so kam es nicht. Heute weiß ich, dass nicht der Augenblick tragisch ist. Es ist die Erinnerung.

Wenn wir Jazz gehabt hätten, wäre unser Leben dann anders verlaufen? Wenn wir gewusst hätten, dass unsere Geschichte ein Blues mit einem Refrain ist, der immer wiederkehrt, hätten wir dann aufgehorcht und gesagt: *Das ist Erinnerung*, immer wieder, bis das Leben einen Sinn ergab? Wo wären wir heute, wenn wir gewusst hätten, dass unser Wirren einer Melodie folgte? Denn obwohl Sylvia, Angela, Gigi und ich wie eine Jazzimpro zusammenkamen – halbe Noten, die sich zögernd aufeinander zubewegten, bis die Band ihren Sound fand und die Musik klang, als wäre sie schon immer da gewesen –, hatten wir keinen Jazz, der uns zeigte, wer wir waren. Wir hatten die Hits der 1970er, die unsere Geschichte erzählen wollten. Aber sie schafften es nie so ganz.

Im Sommer, als ich fünfzehn wurde, schickte mein Vater mich zu einer Frau, die er durch seine Brüder in der Nation of Islam gefunden hatte. Eine gebildete Schwester, sagte er, mit der ich reden könne. Damals sprach ich kaum noch. Während früher die Worte aus mir hervorgesprudelt waren, herrschte plötzlich nur noch Schweigen, und mein Atem glich einer stummen Melancholie, die meine Familie nicht verstand.

Schwester Sonja war dünn, ihr braunes kantiges Gesicht umrahmte ein schwarzer Hidschab. So sah ich meine Therapeutin – die Frau mit dem Hidschab, den langen knochigen Fingern und den dunklen fragenden Augen. Damals war es vielleicht schon zu spät.

Erleben wir nicht alle immer wieder kleine Tragödien?, fragte mich Schwester Sonja oft, als müsste ich nur das Ausmaß menschlichen Leids begreifen, um mich aus meinem eigenen zu retten.

Mein Bruder und ich wuchsen zwar ohne Mutter, aber dennoch wohlbehütet auf. Mein Bruder hatte den Glauben, an den mein Vater ihn herangeführt hatte, und ich hatte lange Zeit Sylvia, Angela und Gigi, mit denen gemeinsam ich das Aufwachsen als Mädchen in Brooklyn schulterte wie einen Sack voller Steine, den wir uns weiterreichten: *Da. Hilf mir mal tragen.*

Zwanzig Jahre sind seit meiner Kindheit vergangen. Heute Morgen haben wir meinen Vater beerdigt. Mein Bruder und ich standen auf dem verschneiten Friedhof nebeneinander am Grab, unter kahlen Weiden, die trauernd ihre Zweige hängen ließen. Bei uns waren die Brüder und Schwestern aus der Moschee. Im silbrigen Morgenlicht griff mein Bruder nach meiner beschuhten Hand und hielt sie fest.

Hinterher, in einem Diner in Linden, New Jersey, zog mein Bruder seinen schwarzen Mantel aus. Darunter trug er einen schwarzen Rollkragenpullover und schwarze Wollhosen. Der schwarze Kufi, den seine Frau ihm gestrickt hatte, reichte ihm knapp in die Stirn.

Im Diner roch es nach Kaffee und Brot und Bleiche. Auf einem Neonschild flackerte in knalligem Grün *EAT HERE NOW*, darunter hing staubiges Silberlametta. Den ersten Weihnachtsfeiertag hatte ich bei meinem Vater im Krankenhaus verbracht. Stöhnend hatte er um Schmerzmittel gebeten, das die Schwestern ihm nur zögernd verabreichten.

Eine Bedienung brachte meinem Bruder noch mehr heißes Wasser für seinen Pfefferminztee. Ich stocherte in meinen Eiern und lauwarmen Bratkartoffeln herum, den Speck hatte ich langsam aufgegessen, um meinen Bruder zu ärgern.

Alles okay, große Schwester?, fragte er, und seine tiefe Stimme klang leicht brüchig.

Ich komm zurecht.

Immer noch unberührt?

Immer noch unberührt.

Wie ich sehe, isst du immer noch Schwein und das ganze Teufelszeug.

Alles bis auf das Grunzen.

Wir lachten über den alten Witz, der aus der Zeit stammte, als ich mich nachmittags mit den Mädchen davongestohlen hatte, um in der Bodega um die Ecke das zu essen, was zu Hause verboten war, und über die Speckstücke, die noch auf meinem Teller lagen.

Du kannst auch bei mir und Alafia wohnen. Bettruhe ist nicht ansteckend.

Ich bin gern in der Wohnung, sagte ich. *Es gibt so viel zu erledigen. Seine Sachen müssen alle durchgesehen werden … Geht es Alafia gut?*

Sie hält sich tapfer. Die Ärzte reden, als könnte das Baby jeden Moment aus ihr herausflutschen, wenn sie aufsteht. Alles ist gut. Dem Baby fehlt nichts.

Mein Weg ins Leben begann am 29. Juli, aber ich kam erst im August. Als meine Mutter, halb wahnsinnig von den Wehen, nach dem Datum fragte, sagte mein Vater: *Es ist August. Inzwischen ist es August. Scht, Honey Baby,* flüsterte er. *August ist da.*

Hast du Angst?, fragte ich meinen Bruder und griff über den Tisch nach seiner Hand, weil ich plötzlich an ein Foto dachte, das früher in SweetGrove hing. Es zeigte ihn als Neugeborenen auf meinem Schoß und mich als kleines Mädchen, das stolz in die Kamera lächelte.

Ein bisschen. Aber ich weiß, bei Allah ist alles möglich.

Wir schwiegen. Um uns herum saßen alte weiße Paare, die Kaffee tranken und ins Leere starrten. Irgendwo im Hintergrund hörte ich Spanisch sprechende Männer und Gelächter.

Ich bin zu jung, um Tante zu sein.

Wenn du dich nicht ranhältst, bist du bald zu alt, um Mama zu sein. Mein Bruder grinste. *Kein Vorwurf.*

Von wegen kein Vorwurf.

Ich mein ja nur, du solltest langsam aufhören, die Toten zu studieren, und dir einen lebendigen Bruder suchen. Ich kenn da jemanden.

Untersteh dich.

Ich wollte nicht daran denken, wie ich allein in die Wohnung meines Vaters zurückkehrte, an die tiefe Erleichterung und Angst, die mit dem Tod einhergingen. Kleidung musste gespendet, alte Lebensmittel weggeworfen, Bilder verstaut werden. Wozu? Für wen?

In Indien verbrennen die Hindu ihre Toten und streuen die Asche in den Ganges. Die philippinischen Caviteños bestatten ihre Toten in Baumstümpfen. Unser Vater hatte sich eine Beerdigung gewünscht. Neben seinem abgesenkten Sarg lag ein Hügel aus dunkel- und hellbrauner Erde. Wir waren nicht geblieben, um zuzusehen, wie sie auf ihn geschaufelt wurde. Mir drängte sich unwillkürlich die Vorstellung auf, wie er plötzlich aufwachte in dem weichen, unsichtbaren Satin, ähnlich den vielen anderen Menschen, die im tiefen Koma beerdigt wurden und dann entsetzt unter der Erde erwachten.

Wie lange bleibst du in den Staaten?

Nicht lange, sagte ich. *Aber zur Geburt komme ich wieder. Du weißt, die will ich nicht verpassen.*

Als Kind kannte ich das Wort *Anthropologie* nicht und auch keine Eliteuniversitäten. Ich wusste nicht, dass man seine Tage in Flugzeugen verbringen, durch die Welt reisen und den Tod studieren konnte, mein ganzes früheres Leben vor dem jetzigen eine offene Frage … endlich beantwortet. Ich hatte Todesrituale in Indonesien und Korea gesehen. In Mauretanien und in der Mongolei. Ich hatte beobachtet, wie Menschen in Madagaskar die in Musselin gehüllten Knochen ihrer Vorfahren ausgruben, sie mit Parfüm beträufelten und die bereits Verschiedenen um ihre Geschichten, ihre Gebete und ihren Segen baten. Ich war einen Monat zu Hause gewesen, um meinen Vater beim Sterben zu begleiten. Der Tod machte mir keine Angst. Nicht jetzt. Nicht mehr. Aber Brooklyn lag mir wie ein Stein im Bauch.

Komm doch mal zu uns zum Essen nach Astoria,
einem reinen Essen. Alafia kann am Tisch sitzen,
sie darf nur nicht am Herd stehen und kochen.
Ich kümmere mich um alles. Wir würden uns freuen.

Eine Minute verstrich. *Er fehlt mir*, sagte er.
Du fehlst mir.

In den langen, bitteren letzten Tagen, als mein Vater an Leberkrebs litt, hatten wir uns an seinem Bett abgewechselt. Mein Bruder kam ins Krankenhaus und löste mich ab, und ich weckte ihn, damit er zu einer kurzen Dusche und einem Gebet vor der Arbeit nach Hause gehen konnte.

Mein Bruder sah jetzt aus, als wäre er wieder sieben und nicht einunddreißig, mit seiner breiten tiefen Stirn und der für einen Mann zu reinen und glatten Haut.

Ich wollte ihn trösten. *Es ist gut, dass er ...* aber ich brachte es nicht über die Lippen.

Allah ist gut, sagte mein Bruder. *Allah sei gepriesen, dass er ihn heimgeholt hat.*

Allah sei gepriesen, sagte ich.

—

Mein Bruder fuhr mich zur U-Bahn, küsste mich auf die Stirn und umarmte mich fest. Wann war er ein Mann geworden? So lange war er mein kleiner Bruder gewesen, lieb und ernst, die großen Augen offen für die Welt. Jetzt, hinter seiner kleinen Nickelbrille, erinnerte er an eine Persönlichkeit aus der Geschichte. Malcolm vielleicht. Oder Stokely.

Übermorgen komm ich vorbei und helfe dir, okay?

Ist nicht nötig!

Was denn – ist da etwa ein Mann, den ich nicht treffen soll?

Ich lachte.

Schläfst du immer noch mit dem Teufel?

Ich schlug ihn scherzhaft und stieg aus dem Auto. *Hab dich lieb.*

Ich dich auch, August.

Auf der Rückfahrt in der U-Bahn zur alten Wohnung blickte ich auf und sah erschrocken Sylvia, die auf der anderen Gangseite die *New York Times* las. Sie war schön gealtert in den zwanzig Jahren, seit ich sie das letzte Mal gesehen hatte. Ihr rotbraunes lockiges Haar war jetzt kurz geschnitten und von Grau durchsetzt. Ihre Haut, noch immer ein unheimliches Bronze im Kontrast zu den hellen Augen, war jetzt von feinen Fältchen durchzogen. Vielleicht spürte sie meinen Blick, denn plötzlich schaute sie hoch, erkannte mich und lächelte. Für ein paar langsame Sekunden verflüchtigten sich die Jahre, und sie war wieder Sylvia, noch nicht ganz fünfzehn, in ihrer Schuluniform der St. Thomas Aquinas – grün-blau karierter Rock, weiße Bluse und karierte Fliege, ihr Bauch wurde langsam rund. Plötzlich befiel mich wieder das alte Schweigen, und ich musste an Schwester Sonja denken, wie sie den Kopf mit dem Hidschab über das Notizbuch neigte und ihre Hand erstarrte, als ich das erste Mal in ihrem Büro weinte.

Sylvia.

Meine Güte! August!, sagte sie. *Seit wann bist du wieder in Brooklyn?*

Ihre Tochter war inzwischen vermutlich eine junge Frau. Ich erinnerte mich, gehört zu haben, sie habe rötliches Haar wie Sylvia und dass ihre Augen nach der Geburt grau waren.

Ich wusste, dass der Zug in die Atlantic Avenue einfuhr. Doch der Bahnhof und alles um mich herum war weit entfernt. Irgendwie erhob ich mich von meinem Platz. Die Stimme wieder weg. Der Körper wurde Asche.

Vielleicht dachte Sylvia, ich würde zu ihr gehen, sie über die Jahre hinweg umarmen und alles vergessen. Vielleicht hatte sie schon alles vergessen, wie es uns die Zeit erlaubt.

Du siehst gut aus, Mädchen, sagte sie.

Die Zugtüren öffneten sich. Es war noch nicht meine Station.

Aber ich stieg trotzdem aus.

Die Jahre löschen uns aus. Sylvia sank wieder in den Staub der Zeit zurück, bevor ich sie kannte, ihr Baby verschwand, dann ihr Bauch, dann Brüste, und schließlich war da nur noch die große Lücke in meinem Leben, die sie früher gefüllt hatte.

Angela verblasste als Nächste im Lauf der Jahre, wurde eine schwache Stimme auf dem Anrufbeantworter, wenn ich in den Collegeferien zu Hause war. *Das mit Gigi hab ich erst jetzt erfahren. Wie schrecklich. Warst du da?* Versprechen, wieder Kontakt aufzunehmen, wenn wir beide das nächste Mal in New York wären. Versprechen, sie würde sich wieder bei mir melden. Die Entfernung erlaubte es uns, so viel heiße Luft zu erzählen, während sie wieder in die Welt verschwand, zu der sie mittlerweile gehörte, eine Welt von Tänzern und Schauspielern – aufgenommen in einen edlen Kreis, ohne eine Vergangenheit.

Gigi.

Schwester Sonja sagte jede Woche: *Fang von vorne an.* Ihre dunklen Finger hielten ein kleines schwarzes Notizbuch, den Stift zum Schreiben bereit. Es dauerte eine Weile, bis ich den Mund aufmachte und etwas sagte. Jede Woche fing ich mit denselben Worten an: *Ich habe auf meine Mutter gewartet …*

Das Büro war klein, auf einem Fensterbrett stand ein einsamer Blumentopf, aus dem Efeuranken herabfielen. Vielleicht lag es am Efeu, dass ich immer wieder zurückkehrte. Jede Woche wanderten meine Augen vierzig Minuten lang vom Efeu zu Schwester Sonjas Hidschab und ihren Fingern, die das Notizbuch und den Stift umklammerten. Vielleicht redete ich nur, weil ich jede Woche das braune, kantige Gesicht einer Frau sehen und wieder glauben durfte, dass meine Mutter bald zurückkam.

I know when I get there, sangen mein Bruder und ich früher oft. *The first thing I'll see is the sun shining golden. Shining right down on me …*

Wie war es so weit gekommen, dass man mich bitten musste, die Geschichte von Anfang an zu erzählen? Wer war ich geworden?

Sie kommt bestimmt, sagte ich. *Morgen und morgen und morgen.*

Was ist mit deinen Freundinnen?, fragte Schwester Sonja. *Wo sind sie jetzt?*

Wir warten auf Gigi, sagte ich. *Alle warten auf Gigi.*

Sylvia, Angela, Gigi, August. Wir waren vier Mädchen, unglaublich schön und schrecklich allein.

Das ist Erinnerung.

In Ostindonesien bewahren Familien ihre Toten in besonderen Räumen in ihren Häusern auf. Ihre Toten sind erst wirklich tot, wenn genug Geld für die Bestattung vorhanden ist. Bis dahin bleiben die Toten bei der Familie, werden jeden Morgen angezogen und versorgt, auf Ausflüge mitgenommen, täglich umarmt, tief geliebt.

2

In dem Jahr, als meine Mutter anfing, die Stimme ihres toten Bruders Clyde zu hören, zog mein Vater mit meinem Bruder und mir von unserem SweetGrove-Grundstück in Tennessee nach Brooklyn. Es war im Sommer 1973, ich war acht Jahre alt, mein kleiner Bruder vier, und in der heißen Stadt wurde er zum Daumenlutscher mit großen ängstlichen Augen.

Die kleine Wohnung befand sich im obersten Stock eines dreigeschossigen Hauses. Mein Bruder und ich hatten noch nie so weit oben gewohnt, und wir starrten stundenlang durch die von Farbe zugeklebten Fenster auf die Straße hinunter. Die vorbeigehenden Leute waren alle auf die eine oder andere Weise schön – schön dünn, schön dick, schön kahl, mit schönen Afros oder Cornrows oder Glatzen. Schön gekleidet in leuchtend bunten afrikanischen Daschikis und ausgestellten Jeans, Miniröcken und knappen Oberteilen.

Das Grün von Tennessee verblasste schnell in der fremden Welt von Brooklyn, wo die Hitze aus dem Beton stieg. Ich dachte oft an meine Mutter, streichelte meine Wange und stellte mir dabei vor, wie sie neben mir stand und mir das Neue erklärte, das schnelle Tempo, das undurchdringliche Grau. Wenn mein Bruder weinte, beruhigte ich ihn und sagte, er solle sich keine Sorgen machen. *Bald kommt sie wieder*, sagte ich, darum bemüht, sie nachzuahmen. *Morgen kommt sie bestimmt. Morgen und morgen und morgen.*

In diesem Sommer sah ich Sylvia, Gigi und Angela zum ersten Mal. Sie gingen zu dritt unsere Straße entlang, in rückenfreien Oberteilen und Shorts, Arme untergehakt, Köpfe zurückgeworfen und lachend. Ich beobachtete sie, bis sie verschwanden, und fragte mich, wer sie waren, wie sie so ... *wurden.*

Meine Mutter hatte nicht viel von Freundschaften unter Frauen gehalten. Sie sagte, Frauen könne man nicht trauen. *Streck den Arm aus*, sagte sie. *Und halt sie dir noch eine Handbreit von den Fingernägeln entfernt.* Sie wollte, dass ich mir die Nägel lang wachsen ließ.

Als ich jedoch Sylvia, Angela und Gigi unter unserem Fenster vorbeigehen sah, spürte ich etwas zutiefst Ungewohntes – eine Sehnsucht, zu ihnen zu gehören, mich bei ihnen unterzuhaken und nicht mehr loszulassen. Niemals.

Es verging eine Woche, bis sie wieder auftauchten. Diesmal blieben sie unter unserem Fenster stehen, entrollten ein langes Telefonkabel und nahmen es doppelt. Gigi und Angela fingen an, es zu schwingen, während Sylvia außerhalb des Doppelseils stand und auf den Fußballen vor und zurück wippte, bevor sie hineinsprang. Ich beobachtete sie staunend, fasziniert von ihrem fließenden Rhythmus, wie jede sich so bewegte, dass die andere weitermachen konnte.

Mein Vater, mein Bruder und ich waren anders. Ich war ihnen innerlich verbunden, egal, ob ich meinen Bruder hielt oder mit meinem Vater lachte, ich spürte immer ihre Nähe. Aber es war eine Nähe im Schatten, eine in DNA eingebettete Nähe. Wenn mein Bruder und mein Vater die Köpfe zusammensteckten und miteinander redeten, sah ich ihre fließende Verbindung, etwas, von dem ich ausgeschlossen war. Vielleicht bestand zwischen mir und meiner Mutter eine ähnliche Nähe. Wenn sie zurückkam, wäre es wieder so. In der Zwischenzeit presste ich mein Gesicht und meine

Hände auf die heiße Fensterscheibe und wünschte mir, im Inneren von Sylvias, Angelas und Gigis Kontinuum zu sein.

Ende Juni nahm mein Vater ein Messer und fuhr mit der Klinge die dicke grüne Farbschicht am Fensterrahmen entlang, bis er nachgab und das Rauschen der Stadt endlich zu uns drang.

Aus einem blechernen Radio irgendwo in unserer Straße lief den ganzen Tag »Rock the Boat«, und manchmal sang mein Bruder den Text um seinen Daumen herum mit. *»So I'd like to know where you got the notion. Said I'd like to know where ...«*

Von diesem Fenster aus sahen wir von Juli bis zum Ende des Sommers, wie Brooklyn sich jeden Morgen zu einem herzzerreißenden Rosa verfärbte und gegen Abend in einem fantastischen Graublau versank. Am Vormittag sahen wir die Umzugswagen parken. Weiße Leute, die wir nicht kannten, füllten die Wagen mit ihren Habseligkeiten, und am Abend schauten sie lange auf die Häuser, die sie verließen, dann stiegen sie in ihre Kombis und fuhren weg. Eine blasse Frau mit dunklem Haar legte die Hände vor ihr Gesicht, als sie mit zitternden Schultern auf den Beifahrersitz stieg.

Mein Bruder und ich waren oft allein. Mein Vater arbeitete im Abraham & Strauss Department Store in der Herrenabteilung und ging kurz nach Sonnenaufgang zum Bus der Linie 52. Wir waren nie in diesem oder irgendeinem anderen Stadtbus gefahren. Busse waren uns so fremd wie die schwarzen und braunen Jungs, die unten auf der Straße Kronkorken über mit Kreide gezeichnete Zahlen schossen, sodass ihre Hände und Knie am Ende des Tages staubig weiß waren. Manchmal schauten sie zu unserem Fenster hoch. Mehr als einmal zwinkerte mir ein Hübscher zu. Seinen Namen kannte ich viele Jahre lang nicht.

Eines frühen Morgens, als mein Bruder und ich mit Müslischalen auf dem Schoß unseren Platz am Fenster einnahmen, zog ein kleiner Junge einen Schraubenschlüssel aus seiner Tasche und entfernte damit die Kappe des Hydranten, dann drehte er am Kopf des Hydranten, bis weißes Wasser auf die Straße zischte. Wir beobachteten das Wasser stundenlang. Kinder, die wir nicht kannten, aber plötzlich mit einem Neid hassten, den man fast schmecken konnte, rannten durch den Strahl, bis ihre Unterhemden und abgeschnittenen Hosen an ihren braunen Körpern klebten. An diesem Tag sah ich auch Sylvia, Angela und Gigi wieder. Sie zogen sich gegenseitig ins Wasser, ihre Stimmen schwebten zu unserem Fenster hoch.

Lacht die uns aus?, fragte mein Bruder. *Das rothaarige Mädchen. Sie hat gerade zu uns hochgeguckt und gelacht.*

Scht, sagte ich. *Die ist doch nicht wichtig.*

Ich fing an, sie zu hassen. Ich fing an, sie zu lieben.

28 Angela stand manchmal mit ihrem tropfnassen Afro abseits von den anderen und kaute heftig an den Fingernägeln. Ihre hellbraune Haut war mir vertraut wie Tennessee. In der kleinen Kirche, in die unsere Mutter uns gelegentlich mitnahm, saßen vorne vier Schwestern, die aussahen wie Angela, ihr geglättetes Haar war geflochten und mit weißen Schleifen gebunden, ihre Rücken kerzengerade. Wenn ihr Vater predigte, beobachtete ich sie und überlegte, wie es wohl war, so nah am Heiligen zu leben. *Denn Gott liebte die Welt so sehr*, sagte ihr Vater, *dass er seinen eigenen Sohn opferte*. Aber was ist mit seinen Töchtern?, fragte ich mich. Was hat Gott mit seinen Töchtern gemacht?

Mein Vater war in Brooklyn aufgewachsen, mit achtzehn in die Armee eingetreten und in einer Basis in der Nähe von Clarksville, Tennessee, stationiert. Dann kämpfte er in Vietnam. Dann kamen meine Mutter und SweetGrove. An jeder Hand fehlte ihm ein Finger, an der linken der kleine, an der rechten der Daumen. Wenn wir ihn fragten, wie das passiert war, wollte er nicht antworten, und so malten mein Bruder und ich uns stundenlang aus, wodurch man im Krieg zwei Finger verlieren konnte – Messer, Bomben, Tiger, Diabetes, die Liste war endlos. Seine Eltern waren alt geworden und nur eine Straße weiter von unserer jetzigen Wohnung gestorben. Als wir ihn in diesem Sommer baten, uns tagsüber nach draußen zu lassen, schüttelte er den Kopf. *Die Welt ist nicht so sicher, wie alle immer gern glauben*, sagte er. *Schaut nach Biafra*, sagte er. *Schaut nach Vietnam.*

Ich dachte an Gigi, Sylvia und Angela, die Arm in Arm durch die Straßen unterhalb unseres Fensters gingen. Sie sahen so sicher und stark aus. So unzugänglich.

Eines Sonntagmorgens, auf dem Weg zu der kleinen Kirche, in die mein Vater uns immer mitnahm, hielt ihn ein Mann in einem schwarzen Anzug an. *Der Prophet Elijah hat mich geschickt*, sagte er, *um dir im Namen Allahs eine Botschaft zu überbringen, mein schöner schwarzer Bruder.*

Der Mann musterte mich, sein Blick wanderte langsam zu meinen nackten Beinen. *Du bist eine schwarze Königin*, sagte er. *Dein Körper ist ein Tempel. Er sollte bedeckt sein.* Ich klammerte mich fester an die Hand meines Vaters. In dem kurzen Sommerkleid wirkten meine Beine zu lang und zu nackt. Ein offener Tempel. Ein ungeschützter Tempel.

Der Mann gab meinem Vater eine Zeitung und sagte: *As-Salaam Alaikum*. Dann war er verschwunden.

In der Kirche, hinter dem Prediger, hing ein Bild von unserem Herrn Jesus Christus, weiß und heilig, das offene Gewand zeigte sein entblößtes, blutendes Herz.

In den Psalmen steht, sagte der Prediger, *ich rief zum Herrn in meiner Not, und er hat mich erhört.*

Durch ein kleines Buntglasfenster fiel goldenes Licht in die Kirche. Mein Vater hob den Blick und sah, was ich sah – wie das Licht über die Klappstühle tanzte, die Reihen von Schößen, den gewölbten Hartholzboden. Dann wechselte die Sonne, und das Licht verschmolz mit dem Schatten. *Welche Botschaft, mein schöner schwarzer Bruder*, enthielt dieses Kirchenlicht für dich?

Welche Botschaft enthielt es für uns alle?

Hinter mir stieß eine alte Frau seufzend ein Amen aus.

—

Die Straßenlichter waren angegangen, und von unserem Platz am Fenster aus sahen mein Bruder und ich Kinder, die auf dem Gehsteig herumrannten. Sie lachten und schrien: *Nicht gefangen! Nicht gefangen! Nicht gefangen!* Durch den Lärm hörten wir das Mister-Softee-Lied aus dem Eiswagen. Mein Bruder sehnte sich nach der Welt jenseits unseres Fensters. Er wollte mehr sehen als den kleinen, frisch gepflanzten Baum, den Hydranten, unsere Spiegelbilder in der dunkel werdenden Scheibe.

Hätte jemand nur eine Minute früher zu uns hochgeblickt, dann hätte er uns beide gesehen. Wie immer beobachteten wir das Treiben auf der Straße hinter Glas. Ich war zehn und mein Bruder sechs. Unsere Mutter war noch in Sweet-Grove. Unsere Worte waren ein Lied geworden, das wir immer wieder sangen. *Wenn ich groß bin. Wenn wir nach Hause gehen. Wenn wir nach draußen gehen. Wenn wir. Wenn wir. Wenn wir.* Dann lagen die Hände meines Bruders auf dem Fenster, schoben es aber nicht hoch, sondern nach vorne. Die Scheibe zerbrach, und aus einer tiefen weißen Schnittwunde auf seinem Unterarm schoss plötzlich leuchtend rotes Blut.

Woher kam mein Vater so plötzlich mit einem dicken Handtuch in den Händen? War er nur im Zimmer nebenan gewesen? Unten? Neben uns? Das ist Erinnerung. Der Mund meines Vaters bewegte sich, aber ohne Ton, nur das Blut meines Bruders sammelte sich auf dem Fensterbrett und tropfte auf das schartige, schimmernde Glas zu unseren Füßen. Die roten Lichter eines Krankenwagens, aber ohne Ton. Mein Vater nahm meinen bleich werdenden Bruder auf den Arm, ohne Ton. Die Spur von stummem Blut. Die stumme Sirene. Die stumme, sich sammelnde Menge, die zusah, wie wir zu dritt in den Wagen stiegen.

Im grellen Weiß des Krankenhauszimmers kehrte der Ton zurück und mit ihm Geschmack und Geruch und Gefühl. Der Raum war zu kalt. Wir hatten noch nichts zu Abend gegessen. Wo war mein kleiner Bruder? Eine Schwester reichte mir einen Pappbecher mit rotem Saft und einen Styroporteller mit Nilla-Waffeln. Ich wollte Wasser. Milch. Fleisch. Das Blut auf meinem T-Shirt war zu einem dunklen Braun getrocknet. Blut auf meinen abgeschnittenen Shorts. Blut auf meinen hellblauen Turnschuhen. Ich presste die Kekse paarweise zusammen und zerkaute sie langsam.

Meine Mutter sagte, Clyde sei nicht in Vietnam gefallen. Sie hätten den falschen Mann. *So viele braune und schwarze Männer, wie will man es da genau wissen?*, sagte meine Mutter. *Es hätte jeder sein können. Er hat's mir gesagt.*

Eine andere Schwester fragte, ob es mir gut gehe.

Dein Bruder wird wieder gesund, sagte sie. *Alles wird gut, Süße.*

Clyde geht es gut, sagte meine Mutter. *Er kommt bald zurück.*

Kings County Hospital. Keine Zimmer, nur Krankensäle. Hinter einem Vorhang ein schreiendes Baby. Hinter einem anderen das Mädchen mit dem verdreht hängenden Arm. Vorhänge und Kinder. Schwestern und Lärm. Wo war mein Bruder?

Schmecken dir die Kekse?, fragte die Schwester. *Du hattest ganz schönen Hunger, stimmt's?*

Die Benguet auf den Nordphilippinen verbinden ihren Toten die Augen und setzen sie dann mit gebundenen Händen und Füßen auf einen Stuhl neben dem Hauseingang.

Meine Mutter drehte das Telegramm in ihren Händen immer wieder um und lächelte. Ihr Blick auf die Tür gerichtet.

—

Nach dem Vorfall mit der zerbrochenen Fensterscheibe interessierte ich mich eine ganze Weile nicht mehr für Sylvia, Angela und Gigi. Wenn sie unter meinem Fenster herumschrien, schaute ich nicht hinunter. Ich lag im Bett und starrte an die Decke, auf den runden Lampenschirm und die Glühbirne. Weißgraue Blumen umrankten das Licht, Stängel zu Blüte zurück zu Stängel. Falls meine Mutter kommen sollte, dann käme sie jetzt, nach dem zersplitterten Glas, dem aufgeschlitzten und genähten Arm meines Bruders.

Wenn mein Bruder rief: *Die Mädchen sind wieder draußen*, antwortete ich nicht, rollte die Zehen in meinen Socken ein und drehte mich mit dem Gesicht zur Wand. Unter dem Verband hielten schwarze Stiche die wulstige Haut meines Bruders zusammen. Ich wollte meine Mutter.

3

Kurz nachdem das Fenster zerbrochen war, ließ mein Vater uns nach draußen. Zuerst bis zur Eingangspforte – *Bleibt im Inneren. Macht sie nicht auf.* Dann bis zum Baum in der Mitte der Straße. Dann bis zum STOPP-Schild an der Ecke. Um die Ecke zu Ponchos Bodega, aber nur zusammen. *Nimm deinen Bruder an die Hand.* Dann vom Bordstein auf die Straße, den Handballplatz, die Knickerbocker runter, rüber zum Park, die Babyschaukel, die großen Schaukeln, bis wir uns schließlich ungehindert bewegen konnten.

An manchen Tagen streunte ich allein durch die Straßen und suchte meine Mutter. Ob ihr Haar inzwischen grau wäre? Trug sie immer noch einen Afro? Wäre sie dünner als in meiner Erinnerung, oder hatte sie mit den Jahren Gewicht zugelegt wie die alten Italienerinnen und Irinnen, die früher langsam, mit schweren Brüsten und ohne Taille unsere Straßen bevölkert hatten und dann fortgezogen waren? Rief sie nachts immer noch

Clydes Namen, verfluchte meinen Vater und irrte über das Grundstück, das ihr einmal gehört hatte, ging zum Wasser hinunter und glaubte, es gehöre ihr immer noch?

Komm mit, sagte ich immer wieder zu meinem Bruder. *Wir gehen sie suchen.*

36 Bevor Sylvia, Gigi und Angela meine Freundinnen wurden, gingen sie jeden Morgen in unsere staatliche Schule, weit entfernt von mir. Sie riefen einander über den Pausenhof. Sie hakten sich unter und lachten. Sie steckten die Köpfe zusammen und flüsterten, wenn die Lehrerin ihnen den Rücken zukehrte. Bevor ich ihre Namen kannte, waren mir die zarten Knochen in ihrem Nacken und die feine Wölbung ihres Haaransatzes vertraut. Ich kannte jede ihrer Blusen mit Peter-Pan-Kragen und jeden Rollkragenpulli. Ich kannte Angelas finstere Miene, wenn sie in der Kantine in der Schlange stand. Ich wusste, wie Sylvia im Pausenhof ihren bronzefarbenen Arm um Angelas Taille legte. Ich kannte Gigis Stimme, den nachgeahmten spanischen oder britischen oder deutschen Akzent, wenn wir morgens in der Aula den Treueschwur leisteten.

Alle Lehrer auf dem Pausenhof mochten sie am liebsten, der Rest von uns versank in Unsichtbarkeit.

Bevor sie mir gehörten, starrte ich auf ihre Hälse, beobachtete, wie ihre schönen Hände Sprungseile und Bälle hielten, sah ihre knallig lackierten Fingernägel. Wenn sie Arm in Arm durch den Gang hüpften, war ich mir sicher, dass es in ihrer Vergangenheit keine Geistermütter gab. Ich war fest überzeugt, dass sie unbeirrbar im Leben standen. Ich beobachtete sie, wollte haben, was sie hatten – sechs fest verwurzelte Füße. Auf der Stelle. Sofort.

In jenem Jahr, bevor wir alle die gleiche Größe erreichten, war Sylvia die Größte. Am Tag, an dem wir schließlich Freundinnen wurden, trug Angela einen zu kleinen Mantel, ihre dünnen bleichen Arme ragten aus den Ärmeln hervor. Meine Jacke war auch zu klein, daher sah ich sie zuerst an, in der Hoffnung, sie würde erkennen, dass wir vom selben Ort stammten – einem Ort, wo man sein Haar zu Cornrows flocht und nicht darauf vorbereitet war, wie schnell der Winter sich über die Stadt legte.

Die Traurigkeit und Fremdheit in mir waren tiefer als jedes Gefühl, das ich bisher gekannt hatte. Ich war elf und empfand die Vorstellung zweier identischer Ziffern in meinem Alter als neu, spektakulär und herzzerreißend. Die Mädchen spürten das wohl. Oder ahnten es. Wohin waren zehn, neun, acht und sieben verschwunden? Und jetzt standen wir alle vier zum ersten Mal beisammen. Es muss sich angefühlt haben wie ein Anfang, ein Verankern.

Ich umklammerte meine fast flache Schultasche mit beiden Händen.

Warum starrst du uns so an?, fragte Sylvia. *Suchst du was Bestimmtes?*

Jahre später erinnerte ich mich daran, wie zittrig ihre Stimme war und dass ich mich gefragt hatte, ob es wohl an der Kälte lag oder ob sie Angst hatte. Und in ihrer Stimme schwang der singende Tonfall von Martinique mit, einer Insel, die mir so fremd war wie die Bronx.

Sylvia trat auf mich zu. *Also wirklich, was siehst du eigentlich? Wenn du uns anschaust? Ist nicht böse gemeint.*

Alles, sagte ich. *Ich sehe alles.*

Du bist die ohne Mutter, stimmt's? Sylvia berührte meine Wange, ihr Mund so nah, dass ich das starke Aroma ihres Kirschbonbons roch.

Nein. Bin ich nicht.

Das war Jahre vor der Frau mit dem Hidschab. Jahre vor dem Schweigen und den Nachmittagen, an denen ich den vom Fensterbrett herabhängenden Efeu betrachtete, den reglosen Stift in einer schmalen dunklen Hand.

Der Himmel war bedeckt. Die Schulglocke läutete. Überall um uns herum rannten Kinder in Richtung Eingang. Sylvia nahm meine Hand. *Du gehörst jetzt zu uns*, sagte sie.

Und viele Jahre lang war das auch so.

Was habt ihr in mir gesehen?, fragte ich viel später. *Wen habt ihr da stehen sehen?*

Du hast verloren ausgesehen, flüsterte Gigi. *Verloren und schön.*

Und hungrig, fügte Angela hinzu. *Du hast so hungrig ausgesehen.*

Und als wir auf dem hellen Pausenhof im Halbkreis standen, sahen wir in jeder von uns das Verlorene und Schöne und Hungrige. Wir hatten uns gefunden.

Monate später erfuhr ich, dass Sylvia ein Jahr vor mir nach Brooklyn gezogen war, mit ihren Eltern und drei älteren Schwestern von der kleinen Insel Martinique. Den Sommer über hatte sie mit Angela und Gigi die wenigen von ihren Eltern erlaubten Straßen erkundet und schnell das Französisch vergessen, das sie immer gesprochen hatte. Ihr Vater, der dasselbe rötlich braune Haar hatte wie sie, dicke Locken, las Hegel und Marcel und zitierte beide in einer französischen Mundart, die sie angeblich schon nicht mehr verstand. Wenn sie lachte, brachte ihre Schönheit mich zum Verstummen.

Gigi war ebenfalls ein Jahr vor mir nach Brooklyn gezogen, aus South Carolina, weil es der Traum ihrer Mutter war, ihren einundzwanzigsten Geburtstag in New York zu feiern. *Rechne lieber nicht nach*, sagte Gigi, wenn jemand wissen wollte, ob ihre Mutter ihre Schwester sei. *Am Ende läuft es immer auf eine Teenagerschwangerschaft raus*. Es war Spätherbst, inzwischen waren wir Freundinnen. Gigi strich einen schweren Zopf hinter ein Ohr und verdrehte die Augen.

Uns würde das nie passieren, dachten wir. So weit würde es nie mit uns kommen.

An manchen Tagen waren Angelas Augen schmal und entrückt. Wenn wir fragten, was los sei, sagte sie: *Nichts! Gott, warum seid ihr alle wie ein Hund hinter mir her!* An solchen Tagen überließen wir sie ihrer Wut und gingen still neben ihr her, schielten zu ihren Händen, bis sie sich öffneten und unsere suchten. *Ich war schon immer hier*, sagte sie, wenn wir fragten, ob sie vor Brooklyn woanders gelebt hatte. *Ich hab keine Geschichte*, sagte sie. *Nur euch. Genau hier und jetzt.*

4

Wir verließen Tennessee in der Nacht, mein Vater schüttelte meinen Bruder und mich sanft aus dem Schlaf. In den Wochen zuvor hatten mein Vater und meine Mutter oft gestritten. Meine Mutter schwor, sie würde das Fleischermesser mit ins Bett nehmen und unter ihrem Kissen damit schlafen. *Clyde hat mir erzählt, dass du letzte Nacht bei dieser Frau warst*, sagte meine Mutter. Damals war mein Onkel Clyde schon fast zwei Jahre lang tot.

Trau keiner Frau, sagte meine Mutter zu mir. *Selbst die Hässlichen nehmen sich das, was deiner Ansicht nach dir gehört.*

—

An Samstagen nahm mein Vater uns oft mit nach Coney Island, und wir fuhren zu dritt mit der Linie LL zur Linie F bis zur letzten Haltestelle. Vom ersten Wagenfenster aus beobachteten mein Bruder und ich, wie das Riesenrad erschien, dann der schon lange geschlossene Fallschirmsprungturm, dann der Cyclone und schließlich das Meer. Wir hatten Angst vor den Leuten, die am Rand des Vergnügungsparks herumhingen – dünne weiße Männer, bis zum Hals tätowiert, halb nackte Frauen mit strähnigem Haar, die auf der Promenade gegen das vom Heroin ausgelöste ewige Einnicken kämpften, Straßenhändler, die an Passanten zerrten und ihnen Nervenkitzel versprachen, gewaltige braune Frauen, die aus winzigen Bikinis quollen, puerto-ricanische Kinder, dick eingeschmiert mit Babyöl. Wir hielten uns an den Händen unseres Vaters fest und bettelten um buttertriefende Maiskolben und bauschige Zuckerwatte. Aber meistens reichte das Geld nur für ein paar Fahrten und vielleicht einen Hotdog und Limonade zum Mittagessen.

Wir hatten keine Vorstellung von der Armut, in der wir lebten. Unsere Wohnung war klein und vom Vermieter möbliert mit einem Resopaltisch und vier Stühlen in der Küche, kleinen Betten für mich und meinen Bruder im einzigen Schlafzimmer und einem dunkelgrünen Ausziehsofa im Wohnzimmer. Jeden Abend, nachdem mein Vater uns einen Gutenachtkuss gegeben hatte, hörten wir die quietschenden Federn, wenn er das Sofa in ein Bett für sich auszog, ohne Kissen und nur mit einer dünnen geblümten Tagesdecke.

Im Sommer schliefen wir in den abgelegten Unterhemden meines Vaters. Im Winter trugen wir dazu schäbige lange Unterhosen, die meines jüngeren Bruders waren zerschlissen und lange von mir aufgetragen.

Aber mein Bruder und ich waren nie hungrig, unsere Gesichter nie aschgrau, und wir waren immer dem Wetter entsprechend angezogen. Wir hatten richtig arme Kinder gesehen, mit knochigen Knien und Füßen, zerlumpten Kleidern und Augen, die hungrig dem Mister-Softee-Eiswagen folgten, während wir mit unserem Vater hinter der Eingangspforte standen und an unseren Tüten schleckten. Wir hatten es besser. An den meisten Tagen hatten wir genug.

Wenn wir nachts weinten, beruhigte uns mein Vater. Und wieder versprach ich meinem Bruder, dass unsere Mutter unterwegs sei.

Warum sind wir weggegangen?, fragte er.

Weil Mommy mit Onkel Clyde geredet hat, sagte ich. *Daddy glaubt nicht an Geister.*

Unsere Mutter hatte traurige Augen und war langgliedrig wie mein Vater, mit anmutigen Händen, die immer nach etwas oder jemandem zu greifen schienen. Als Clyde starb, erschlafften diese Hände und entfernten sich nicht mehr so oft von ihrem Körper, griffen nur noch selten nach uns.

Als ich das erste Mal sah, wie sich Angelas blasse Finger zu einer Faust ballten, musste ich an meine Mutter denken. Sonnensprenkel hüpften auf den Autos, unseren Schuhen und dem hellgrauen Asphalt. Angela tanzte gerade, hob ihr Bein zu einer Arabeske und streckte ihre langen Finger aus. Plötzlich riss sie ihre Arme wieder zurück, ihre Hände schlossen sich, und ihre Augenbrauen zogen sich so fest zusammen, dass ich einen Schritt zurücktrat. *Was ist los?*, fragte ich. *Was hast du?* Aber Angela zuckte nur mit den Schultern, schob die Hände in die Taschen und schüttelte den Kopf. Ich wollte fragen: *Wohin sind deine Hände verschwunden, Angela?* Ich wollte ihr sagen, wenn ihre Finger so reglos waren, sah ich meine Mutter wieder vor mir.

Im selben Moment war eine Frau langsam an uns vorbeigetaumelt; sie bemühte sich, nicht einzunicken, an ihren geschwollenen Händen sah man keine Venen. Wir beobachteten sie und sagten alle vier nichts. Ihre dunkle Haut sah so weich aus, dass man sie berühren wollte, blau schimmernd unter dem Braun.

Wo waren die reglosen Finger meiner Mutter jetzt?, hatte ich mich gefragt, als ich die Frau beobachtete, deren Haut mir so vertraut war, dass ich mich kurz an früher erinnerte. Wo war das traurige Lächeln meiner Mutter? Wie war die Luft in Tennessee, die wir jetzt nicht mehr gemeinsam atmeten? Limonade auf der Veranda. Ihr perlendes Lachen. Ihre duftende, glänzende Kopfhaut kurz nach dem Einölen und Glätten ihrer Haare.

Die Frau war zur Ecke getorkelt, hatte nach dem STOPP-Schild gegriffen und es verfehlt, ehe sie um die Ecke verschwand.

Wie sollten wir unseren Weg auf dieser Reise ohne meine Mutter finden? Selbst mein Vater auf der Promenade in Coney Island, die Musik, die Straßenhändler und die rumpelnde Achterbahn rechts von ihm, das weite Meer zu seiner Linken, ging langsam und unstet, als wäre er unsicher, welchen Schritt wir als Nächstes unternehmen sollten.

Eines Abends kam mein Vater mit einem kleinen Radio nach Hause. Als er es einschaltete, erfüllte leise Musik unser Wohnzimmer, und mein Bruder und ich tanzten wie damals in Tennessee. Mit geschlossenen Augen und gesenkten Köpfen hoben wir die Arme und stellten uns vor, unsere Mutter würde uns an den Händen halten.

—

Hätte mich jemand gefragt: *Bist du einsam?*, dann hätte ich geantwortet: *Nein*. Ich hätte auf meinen Bruder gezeigt und gesagt: *Er ist doch da*. Ich hätte selbst dann gelogen, wenn mich an verregneten Nachmittagen die leere Straße zu verschlingen drohte. Hätte man mich in dem Herbst gefragt, als Sylvia, Angela, Gigi und ich unzertrennlich wurden, dann hätte ich sie an mich gezogen und mich in ihr heilsames Lachen versenkt.

—

Eine Frau namens Jennie zog in die Wohnung unter uns ein. Sie war dunkel und dürr und trug eine lange schwarze Perücke, die ihr bis in die Mitte des Rückens reichte. Sie hatte einen leicht singenden Tonfall und redete meistens Spanisch. Mein Vater erklärte uns, sie komme aus einem Land, das sich Dominikanische Republik nenne, aber wenn sie schwieg, hätte sie auch aus Tennessee sein können. Meinen Bruder erinnerte sie an unsere Mutter. Sie war auf dieselbe gequälte Weise schön. *Sie hat es fast geschafft*, sagte mein Bruder. *Bald ist sie da.* Aber mein Vater sagte, wir sollten uns von Jennie fernhalten.

Mein Vater hatte die Rosshaarbürste mitgenommen, die wir früher in Tennessee benutzt hatten und deren Borsten immer noch nach Pomade und Frisiercreme rochen. Wenn ich meinem Bruder die Haare wusch, bürstete ich hinterher die kleinen Knoten aus, und er biss sich auf die Lippe, um nicht zu weinen. *Das sind Mamas Hände*, flüsterte ich. *Mach die Augen zu, dann wird es wahr.* Er schloss die Augen, griff nach oben und packte meine Hand. *August*, sagte er. *Ich kann sie spüren.*

Alle zwei Wochen wusch mir mein Vater die Haare, gab mir dann drei Dollar und schickte mich mit nassem Kopf über die Straße zu Miss Dora. Miss Dora war so dick, dass sie zwei Klappstühle gefüllt hätte, und saß immer vor ihrem Haus, zu ihren Füßen ein Einweckglas mit Eis und Coca-Cola. Mit einem um die Schulter geschlungenen Handtuch setzte ich mich auf den Boden, lehnte meinen Kopf an ihren gewaltigen Schenkel, beobachtete die Straße und zuckte immer wieder zusammen, während sie mir die Haare einölte und Cornrows flocht. Dabei summte sie leise, und ich döste oft zu »Amazing Grace« oder »In the Upper Room« ein.

Miss Doras Sohn war in Vietnam gefallen. Kleine amerikanische Flaggen schmückten ihre Pforte und Treppe und hingen an einer braunen Verlängerungsschnur über der leuchtend roten Aluminiumverkleidung vorne an ihrem Haus. Über ihrem Herzen trug sie eine kleine goldene Flagge. Wenn die Kriegsopfer vollgedröhnt und verschlafen die Straße entlanggingen, grüßte Miss Dora jeden der vorbeikommenden Exsoldaten. *Schön, dass ihr's geschafft habt*, sagte sie. *Meinen Jungen sehen wir im nächsten Leben.*

In der großen Hitze des Sommers beobachteten wir, wie Kinder die Heroinsüchtigen umkreisten und darauf wetteten, ob sie umfielen oder nicht. Einmal rannte ein kleiner Junge die Straße entlang und hielt eine verbogene Spritze, die er eben gefunden hatte, wie einen Revolver gezückt.

Nachts wickelte ich mir ein Stück Stoff um den Kopf, das aus einem alten Seidenunterrock meiner Mutter stammte. Ich erinnerte mich nicht, wie ich an das Tuch gekommen war, und wusste nur, dass es nach ihr und Frisiercreme roch. Während mein Bruder und ich dalagen, lauschten wir den Männern, die in Jennies Wohnung ein und aus gingen – das blecherne Scheppern ihrer Klingel, das Wischen ihrer Hausschuhe auf der Treppe, die lachenden Männer, wenn sie hinter ihr hochstiegen, ihr leises *Jennie erst anfassen, wenn du Jennie zahlen Geld.*

Geld für was?, fragte mein Bruder in die Dunkelheit.

Sachen, flüsterte ich zurück. *Einfach Sachen.*

Das Grundstück in Tennessee, das wir SweetGrove nannten, fiel schräg zu einem Wald mit Kiefern, Zuckerbirken, Hickory- und Pecannussbäumen ab. Dahinter lag noch mehr Land, das irgendwann am Wasser endete. Das Grundstück hatte meinem Großvater mütterlicherseits gehört, der es wiederum von seinem Großvater bekommen hatte. Lehmboden und welliges Grasland erstreckten sich weitläufig vor dem Haus, in dem mein Bruder und ich geboren waren. Das Haus selbst war baufällig – durchhängende Balken, wasserfleckige Decken, splitternde Hartholzböden. Ein uralter Holzofen stand neben einem neueren elektrischen, der nicht mehr funktionierte, dazwischen eine

Anrichte mit einer Kochplatte. An der senffarbenen Backsteinwand lehnte ein türkisfarbener Kühlschrank. Im oberen Stockwerk tropfte tief in einer Wand Wasser und hallte wider. In der staubigen Bibliothek waren Schiebefenster auf halber Höhe festgeklemmt. Im Wohnzimmer ersetzten drei Bücher das dritte Bein der Couch. An Regentagen roch das Haus nach modrigem Holz und Salzwasser. Doch mein Bruder und ich kannten das Haus nicht anders, wir sahen nicht, wie es langsam zerfiel. Wir rannten lachend darin herum, gingen lärmend ein und aus, schlossen abends die Augen und wachten morgens glücklich auf. Wir hatten ein *Zuhause*.

Clyde war dreiundzwanzig. Er hatte an der Howard University studiert. Er war fast einen Meter fünfundachtzig groß und hatte das leise, freundliche Lachen unserer Mutter. Am Abend, lange nachdem mein Bruder und ich im Bett lagen, saßen meine Eltern mit Clyde vorne auf der durchhängenden Veranda und schmiedeten Pläne, aus SweetGrove wieder das zu machen, was es früher mal gewesen war, obwohl sie damals noch gar nicht auf der Welt waren. Aber weder Clyde noch mein Vater wussten, wie man so viel Land bestellt. Mein Vater war ein Stadtmensch, und Clyde hatte sich schon als Junge lieber mit Büchern, Landkarten und hübschen Mädchen beschäftigt und sich folglich nie in die Geheimnisse der Bodenbestimmung und Schädlingsbekämpfung vertieft. Das Bestellen der Felder überblieb meiner Mutter, deren schöne Hände am Ende eines langen Arbeitstages rau, geschwollen und rot waren.

Im Jahr, als mein Bruder zur Welt kam, brannte ein Feuer die südlichen Felder nieder. Im darauffolgenden Jahr verkündete ein Brief von der Regierung, dass der Großteil des Landes nunmehr dem Staat Tennessee gehörte, aufgrund von nicht eingelösten Steuerschulden und Strafgeldern. Das Haus durften wir behalten.

Dann wurde Clyde eingezogen und ging nach Vietnam. Am Morgen, als wir uns verabschiedeten, brach meine Mutter weinend zusammen, und ihr Schmerz war so unerträglich, dass ich mir zitternd die Ohren zuhielt. Sechs Monate danach, im Winter 1971, erhielt sie einen Brief.

»Wir bedauern, Ihnen mitteilen zu müssen …«

Das ist Erinnerung.

Winter und das Rütteln von Wind an den Fenstern. Kalte Luft, die gespenstisch vom Wasser heraufweht. Meine Mutter gleitet schwer auf den Boden, zieht die Knie ans Kinn wie ein kleines Mädchen und steckt den Kopf dazwischen. Mein Vater lehnt am kaputten Elektroofen, die zusammengepressten Hände vor dem Gesicht.

Heute gehören die Pecannussbäume der Regierung. Was früher Familienbesitz war, wurde uns genommen. Von der Regierung.

5

Die Erinnerungen unserer Mütter prägen uns.

Als Gigi sechs Jahre alt war, zog ihre Mutter sie vor den Spiegel. *Er war schon damals gesprungen*, sagte Gigi. Wahrscheinlich sollte das ein Zeichen sein. *Ein blöder kaputter Spiegel und meine verrückte Mama mit ihren Versprechen.*

Diese Augen, sagte ihre Mutter, *hast du von deiner Urgroßmutter. Ein chinesischer Papa und eine Mulattenmama brachten sie nach South Carolina.* Gigi starrte ihre Augen an, die leichte Schräge, das dunkle Braun. *Genau wie dein Haar*, sagte ihre Mutter und hielt Gigis Zöpfe hoch. *Schwer und dick wie ihres.*

Der einzige Nachteil, sagte ihre Mutter, *ist deine dunkle Hautfarbe, die hast du von mir. Du musst aus dieser Haut raus. Du musst sie hinter dir lassen. Halte dich im Schatten. Sie darf nicht noch dunkler werden, als sie schon ist. Und trink auch keinen Kaffee.*

Als wir schließlich Freundinnen waren und uns genug vertrauten, um unser Leben in Worte zu fassen, standen wir eng zusammen oder saßen im Schneidersitz in unserem neuen festen Kreis und erzählten uns flüsternd Geheimnisse. Wir redeten und redeten und ließen die Geschichten, die in unserem Inneren fast schon zu Asche verbrannt waren, endlich aus uns heraus.

Meine Haut ist dunkel, sagte Gigi. *Aber da ist auch Rot und Blau und Gold drin. Manchmal schau ich meine Arme an und denke, das sind dürre Monsterarme.* Sie hielt ihre dünnen Arme ins Licht, hob den Kopf, ihre dicken Zöpfe fielen auf den Rücken. *Und manchmal,* sagte sie, *finde ich sie nur verdammt schön. Ich weiß einfach nicht, was jetzt eigentlich stimmt.*

Wir stellten uns hinter sie und lösten ihre Zöpfe, bis ihr das Haar in schwarzen Strängen über die Schultern fiel, dann flochten wir sie neu, lösten sie wieder und sagten ihr, dass sie wirklich Glück hatte mit ihren dicken, welligen Haaren und den Augen eines chinesischen Mädchens.

Wenn ich Schauspielerin bin, sagte Gigi, *könnt ihr mich überall sehen – im Fernsehen, im Kino, auf der Bühne. Wer ist das? Wer ist das?*

Wenn ihre Stimme nicht vor Zweifel zitterte, war sie tief und fest, und dann wollten wir das auch – *Wer ist das? Wer ist das?*, wiederholten wir lachend, unsere Hände auf ihrem Kopf und in ihrem Haar. *Das ist Gigi, der große Star. Die schokoladenbraune Chinapuppe!*

Was hält uns hier eigentlich?, fragte Gigi eines Tages. Es goss in Strömen, ihr Shirt war an der Schulter zerrissen. Wir wussten nicht, dass das Schloss an ihrer Haustür schon vor Wochen aufgebrochen worden war. Wir hatten keine Ahnung von dem Soldaten, der hinter der schummrigen Kellertreppe schlief und im Dunkeln auf sie gewartet hatte. Wir waren zwölf.

Ich kann es nur euch erzählen, sagte Gigi. *Meine Mom würde nur sagen, es war meine Schuld.*

Wir drehten die langen Zöpfe auf ihrem Kopf zu einer Krone, benutzten Öl und einen Kamm, um die feinen Härchen auf ihrer Stirn in Form zu bringen. Stippten unsere Finger auf die Zunge und strichen ihr die Augenbrauen glatt. Ihr gebrochenes Ich sollte wissen, dass sie immer noch schön war. *Du bist nicht schuld*, sagten wir wieder und wieder. *Wir können ihn umbringen*, sagten wir.

Wir saßen auf Sylvias Bett und zählten unser bisschen Kleingeld, dann rannten wir zu Poncho, kauften eine kleine Schachtel Gillette-Rasierklingen und übten den ganzen Nachmittag, wie Gigi sie halten würde, wenn sie den Soldaten aufschlitzte. Wir hatten gehört, dass Pam Grier in *Coffy* sich welche ins Haar gesteckt hatte, und malten uns aus, wie der Soldat aus der Dunkelheit trat und Gigi die Klingen aus ihren Zöpfen zog.

Wir halten doch immer zusammen, oder?, fragte Gigi.

Na klar, sagten wir. *Das weißt du doch. Schwestern*, sagten wir. *Für immer.*

Doch als der Soldat schließlich hinter Gigis Treppe gefunden wurde, ragte keine einschneidige Klinge aus seinem Hals, sondern er hatte sich mit der linken Hand eine Spritze gesetzt. Er war schon drei Tage tot, als der Hausmeister ihn entdeckte.

Angelas Haut war so hell, dass man die blauen Adern darunter sehen konnte. Sie hatte Josephine Baker, Lena Horne und Twyla Tharp im Fernsehen gesehen. Sobald ein guter Song lief, bewegte sie sich geschmeidig wie Wasser, und wir beobachteten sie mit angehaltenem Atem, ohne zu wissen,

was diese tiefe Traurigkeit in ihrem Körper auslöste oder was sie bedeutete oder wie sie dorthin gekommen war. Sie bestand nur aus Muskeln und Sehnen. Samstagnachmittags sah man sie mit ihrer Tasche der Joe Wilson's School of Dance, in der sie ihr verschwitztes und muffiges schwarzes Trikot und ihre Strumpfhose aufbewahrte.
Meine Mom war Tänzerin, erzählte sie uns und verstummte dann sofort.

Tanzt sie immer noch?, fragten wir. Aber Angela drehte sich von uns weg. Zuckte die Schultern. Sagte: *Warum steckt ihr eure Nasen in meine Angelegenheiten?* Sagte: *Irgendwie schon.* Und: *Verdammt, warum muss eigentlich alles so kompliziert sein?*
Sie verbarg ihr Gesicht in Gigis Haar und zitterte, bis sie weinte. Wir sagten: *Wir haben dich lieb, Angela.* Wir sagten: *Du bist wunderschön.* Sagten: *Tanz einfach weiter. Mehr nicht.*

Ohne zu fragen, versuchten wir zu begreifen, ob Mutter plus Tanz gleich Traurigkeit ist. Wir warteten darauf, dass ihre Hände sich zu Fäusten ballten. In Sylvias rosafarbenem Zimmer legten wir uns hin, pressten die Ohren auf ihre schmale Brust und lauschten ihrem schneller werdenden Herzschlag. *Angela, was ist denn los?*, beknieten wir sie. *Erzähl es uns. Bitte, bitte erzähl es uns. Wir haben Rasierklingen*, sagten wir. *Wir können uns wehren.*

Wir trugen Rasierklingen in unseren Kniestrümpfen und ließen uns lange Fingernägel wachsen. Mit der Zeit bewegten wir uns auf den Straßen Brooklyns, als wären wir nie woanders gewesen – mit lauten Stimmen und noch lauterem Lachen.

Doch Brooklyn hatte längere Nägel und schärfere Klingen. Jeder zugedröhnte Soldat, jedes hungrige Kind mit aschfahlen Knien hätte uns das sagen können.

Ich wollte in Sylvias Haut schlüpfen. Unter dem schönen Kupferbraun lebte etwas Funkelndes, Brillantes. Wenn wir gingen, wetteiferten Angela, Gigi und ich, wer Sylvias Arme streifen durfte. Wenn sie nach einer Hand greifen wollte, schossen unsere vor, und unsere Finger schlangen sich verzweifelt um ihre. Nicht jede mit Mandelaugen und breitem Mund hätte als Schönheit gegolten, aber sie war eine, mit ihren grünen Augen, den geraden Zähnen und vollen Lippen. Lange vor unserer Teenagerzeit klang ihre Stimme tief und rau, die Stimme einer Frau aus einem kleinen Mädchen. Aber ich wollte gar nicht ihre Hautfarbe, ihre Augen oder ihre Stimme. Ich wollte schlicht und einfach Sylvia sein, wie sie durchs Leben gehen, die Welt durch ihre Augen sehen. *Lacht die uns aus?*, hatte mein Bruder seinerzeit gefragt. Inzwischen wusste ich, dass Sylvia uns tatsächlich auslachte, denn sie lachte alle aus. So wie sie gelacht hatte, als ihr Vater sagte: *Wir gehen nach Amerika.* Sein gebrochenes Englisch war ein Witz für sie, aus einem Marionettenmund, der sich an neu gelernten Wörtern versuchte.

Was ist mit Amerika?, fragte sie ihn. *Dieses komische Amerika, von dem du dauernd redest.*

Mit vier las Sylvia Bücher, die für ihre achtjährige Schwester bestimmt waren. Mit fünf musste sie nach der Schule mit Zehnjährigen Lösungen für schriftliche Divisionsaufgaben finden und lateinische Wortabstammungen suchen. Während ihr Vater französische Philosophen zitierte, stand Sylvia vor ihren Puppen und bat die ungerührte Jury, ihrem Mandanten ins Herz zu sehen und seine Unschuld zu erkennen.

Mein Vater sagt, zuerst soll ich Jura studieren, erzählte sie uns. *Danach kann ich alles machen, was mir gefällt.*

Wenn wir fragten: *Und was gefällt dir?*, sah Sylvia sich in ihrem schönen rosa Zimmer um und sagte: *Ich bin doch nicht mein Chef. Woher zum Teufel soll ich das wissen?*

Vielleicht fängt es bei allen so an – Erwachsene verheißen uns ihre eigene gescheiterte Zukunft. Ich sei schlau genug, um zu unterrichten, sagte mein Vater, während mir doch mein Traum, in Sylvias Haut zu stecken, eine Laufbahn als Anwältin vorbehielt. Angelas Mutter hatte ihr den Traum vom Tanzen übergestülpt. Und Gigi, die in der Lage war, jede von uns nachzuahmen, konnte in jede beliebige Rolle schlüpfen, die Augen schließen und verschwinden. Die Augen schließen und *überall* sein.

6

1968 verhungerten Kinder in Biafra. Mein Bruder war noch nicht geboren, und ich war zu jung, um zu verstehen, was es hieß, ein Kind zu sein, in Biafra zu leben, zu verhungern. Biafra war ein Land, das nur in den Ermahnungen meiner Mutter existierte – *Iss deine Erbsen, in Biafra gibt es Kinder, die verhungern* – und in den großäugigen, braunen, dickbäuchigen Kindern, die sich auf dem Fernsehbildschirm meiner Eltern bewegten. Aber die Gesichter und geschwollenen Bäuche dieser Kinder verfolgten mich noch lange, nachdem Biafra wieder mit Nigeria verschmolzen war, dem Land, von dem es sich so erbittert hatte trennen wollen. In einem Stapel alter Zeitschriften, den mein Vater auf unserem Küchentisch in Brooklyn aufbewahrte, fand ich eine Ausgabe von *Life* mit zwei geschlechtslosen Kindern auf dem Titel, und über dem zerlumpten weißen Hemd des größeren die reißerische Überschrift: HUNGERNDE KINDER IM BIAFRAKRIEG.

Wie träumen wir uns aus solchen Geschichten heraus?

Ich starrte die *Life*-Titelseite an. Die misstrauischen Augen der Kinder starrten auf mich zurück. Sie waren zu groß für ihre kleinen, braunen Köpfe, zu klein für ihre vorstehenden Knochen und geblähten Bäuche. Meine Mutter hatte nicht gelogen. Es gab tatsächlich Kinder, die litten. Hier war der Beweis. Hier auf dem Titel des *Life*-Magazins. Stundenlang streichelte ich die nahezu kahlen Köpfe, fuhr mit den Fingern über die fast himmlischen Gesichter. Wenn es Engel wirklich gab, dachte ich, waren sie in Biafra als Kinder auf die Erde gekommen, unvergesslich und nicht ganz anwesend.

Nein, wir waren nicht so arm. Unsere Bäuche waren voll und straff. Unsere Beine waren dünn, aber muskulös. Unser Haar war eingeölt und sauber.

Aber trotzdem.

Eines Tages erschien eine Frau in einem himmelblauen Kostümrock vor unserem Haus. Sie hatte zwei kleine Kinder bei sich, dunkelbraun wie

Jennie und jünger als mein Bruder, der gerade acht geworden war. *Meine Babys*, hörten wir Jennie rufen, während sie die Treppe hinunterrannte. *Ay, Dios mío, mis niños han llegado a casa.* Als die Frau wieder ging, klopfte Jennie an unsere Tür. *Bitte pass auf sie auf*, flüsterte sie. *Ich geh was zu essen holen.*

Die Kinder waren sehr klein und still und schauten mit ihren riesigen dunklen Augen zu meinem Bruder und mir auf. Das Mädchen war vielleicht vier, der Junge noch keine zwei. Das Mädchen trug ein rosa Rüschenkleid, das zu klein war. Seine Schuhe waren aus weißem Lackleder. Die Füße ohne Strümpfe. Der Junge trug ein T-Shirt und abgeschnittene Shorts, unter denen sich eine Windel bauschte. An seinen weißen hohen Lederschühchen waren vorne die Kappen abgeschnitten und entblößten seine kleinen überhängenden Zehen. Ich holte sie in unsere Wohnung und verriegelte die Tür. Nach einer Weile fingen beide zu weinen an. Mein Bruder gab ihnen Kartoffelchips aus seiner Tüte, die sie hungrig verschlangen. Wir gaben ihnen Äpfel und Nüsse, Wurstscheiben und Wackelpudding. Was wir ihnen auch vorsetzten, sie aßen es.

Stunden vergingen. Als Jennie schließlich zurückkehrte, war sie verschlafen und kratzte sich an

Armen und Beinen. Ihre Perücke hing schief. Wir sahen sie ins Haus treten und warteten, dass sie zu uns kam. Nach einer langen Weile brachten wir die Kinder zu ihrer Wohnung und sahen zu, wie sie sie geistesabwesend hereinholte und die Tür schloss. Später hörten wir sie durch die Holzdielen weinen.

Ich ging zu unserem Radio und drehte am Knopf, bis die Musik alle Geräusche übertönte.

7

In diesem Jahr erzählte jeder Song einen Teil unserer Geschichte. Wir drängten uns um das kleine Radio in Sylvias Zimmer und lauschten. Wenn Gigis Mutter nicht da war, gingen wir zu ihr, warteten, während sie mit dem um ihren Hals hängenden Schlüssel die Tür aufschloss. In der kleinen Wohnung mit der Kochnische gab es kein Sofa, und so setzten wir uns auf den Boden um ihren Close'N-Play-Plattenspieler und drehten die Lautstärke leise. Wir beugten uns vor, ließen uns von Al Green auffordern, den Kopf auf sein Kissen zu legen, und von den Tavares bitten, an das zu denken, was wir vergessen sollten. Und Minnie Riperton und Sylvia trafen die hohen Töne und hielten sie so lange, dass wir meinten, die Welt gehe zu Ende.

Und sie ging tatsächlich zu Ende. Wir waren Mädchen gewesen, die in den weißen Go-go-Stiefeln von Gigis Mutter durch die Wohnung stolzierten, und dann und dann und dann.

Wir ließen unsere Kindheit in Brooklyn langsam hinter uns. Und zeigten unser wahres Ich.

Wir beneideten einander um Haare, Augen, Hintern und Nasen. Wir tauschten Kleider und teilten Sandwiches. Manchmal lachten wir, bis uns die Limonade aus der Nase spritzte und wir heftigen Schluckauf bekamen.

Wenn Jungs unsere Namen riefen, sagten wir: *Untersteh dich. Nimm bloß nicht meinen Namen in den Mund.* Wenn sie sagten: *Du bist sowieso hässlich*, wussten wir, es war eine Lüge. Wenn sie riefen: *Eingebildet!*, entgegneten wir: *Nein, aber anspruchsvoll!* Wir sahen zu, wie sie aufgeblasen abzogen, zu jung, um zu wissen, wie sie reagieren sollten. Mit uns zu viert wussten sie nicht umzugehen. Das konnten sie nur mit einzelnen Mädchen, die schützend die Arme vor der Brust verschränkten und sich wünschten, unsichtbar zu sein.

Mit acht, neun, zehn, elf, zwölf war uns klar, dass wir beobachtet wurden.

Also warnten wir einander vor dem Schuster in der Gates Avenue, weil der alte Mann, der uns an Meister Geppetto erinnerte, einen auf der Holzbank in der kleinen Kabine warten ließ, damit er heimlich deine Beine und Füße begaffen konnte. *Nimm jemanden mit*, sagten wir. *Zieh kein Kleid an, wenn du da hingehst. Der gibt dir einen Vierteldollar, um dein Höschen zu sehen.*

Wenn wir nicht übten, in den Schuhen von Gigis Mutter zu gehen, waren wir kleine Mädchen in Mary Janes und Turnschuhen. Wenn die Absätze abgelaufen waren oder die Sohlen sich lösten, bekamen wir einen Dollar und wurden in die Gates Avenue geschickt. *Nur ein bisschen*, sagte der Mann. *Bitte*, die hochgehaltene Münze schimmerte zwischen Daumen und Zeigefinger, doch wir schüttelten den Kopf und spürten Tränen der Scham in den Augen, die wir noch nicht verstanden.

Der Pastor in meiner Kirche steht manchmal hinter mir, wenn ich im Chor singe, sagte Gigi. *Ich spür dann sein Ding an meinem Rücken. Singt bloß nicht im Kirchenchor. Und falls doch, stellt euch vor, ihr wärt beim Singen woanders.* Sie erzählte flüsternd, dass sie dann die Königin war. *Ich mach die Augen zu, und wusch, schon bin ich weg. Das hab ich von meiner Mutter gelernt*, erzählte sie. *Ich schau der Frau so oft in die Augen, und sie ist gar nicht da!*

Aber wenn sie da ist, sagte Gigi, *erinnert sie mich daran, dass ich nach Hollywood muss. Dort bin ich angeblich in Sicherheit.*

Wir fragten nicht: *In Sicherheit wovor? In Sicherheit vor wem?* Wir dachten, wir wüssten es.

Wir versprachen ihr, dass sie berühmter als jede andere werden würde. Wir sagten ihr, kein anderes braunes Mädchen habe so merkwürdige Augen und irre lange Haare. Wir meinten es ernst, wenn wir sagten: *Genau das wollen die in Hollywood,* und *Ich freu mich schon, dich im Fernsehen zu sehen,* und *Du wirst berühmter als Diahann Carroll.*

Trau bloß nicht den Ministranten, warnte Sylvia sie, *wenn du die einzige Ministrantin bist.*

Wenn Sylvia Nina Simones »Just Like Tom Thumb's Blues« sang, mussten wir schlucken und bissen vor Rührung die Zähne zusammen. Sylvia ging ganz in dieser Musik auf und war dann weit weg von uns. »*They got some hungry women there and man, they'll really make a mess out of you ...*«

Du musst Sängerin werden, sagten wir. *Du musst!*

Nach dem Jurastudium, sagte Sylvia.

Wir versuchten, weiterzumachen wie bisher. Wir spielten Seilhüpfen und Jacks. Mit Händen voller Kleingeld winkten wir dem Eiswagen und jagten ihm auf der Straße hinterher. Wir machten Bockspringen über Baumstümpfen, zogen uns gegenseitig in sprudelnde Hydranten, tanzten den Loose Booty zu Sly and the Family Stone und den Hustle zu Van McCoy. Wir kauften T-Shirts, auf die unsere Namen und Sternzeichen aufgebügelt waren.

Und trotzdem wuchsen unsere Brüste und Hintern, als wir zwölf waren. Unsere Beine wurden lang. Etwas an der Wölbung unserer Lippen und dem Wiegen unserer Köpfe erzählte Fremden mehr, als wir verstanden. Und dann gingen wir auf die dreizehn zu und zogen durch das Viertel, als ob es uns gehörte. *Schaut uns bloß nicht an*, sagten wir zu den Jungs und hielten uns die Hände vors Gesicht. *Schaut weg schaut weg schaut weg!*

Wir redeten uns ein, dass wir auch allein zurechtkommen und uns allein auf der Straße bewegen könnten. Aber wir wussten, dass das nicht stimmte. Es gab Männer in dunklen Hausfluren, um Straßenecken, hinter zugezogenen Vorhängen, die nur darauf warteten, uns zu packen, zu begrapschen, ihre Hosen aufzumachen, um uns was zu zeigen.

Unsere Rasierklingen hatten wir schon lange verloren, und keine von uns hatte wirklich aufgehört, an den Nägeln zu kauen. Und trotzdem …

Ich und ich und ich und ich, riefen wir im Chor. *Wir und wir und wir und wir.*

Wir klatschten den Reim *Down down baby, down by the roller coaster. Sweet, sweet baby I'ma never let you go*, weil wir wollten, es würde noch Jahre dauern, bis jemand *Sweet Baby* zu uns sagte. Wir wollten, dass wir einander immer so verbunden blieben. Sylvia, Gigi und Angela hatten sich schon lange an meinem längsten Fingernagel vorbei den ganzen Arm hoch bewegt. Es war lange her, seit ich die Stimme meiner Mutter gehört hatte. Wenn sie wieder auftauchte, würde ich ihr meine Freundinnen vorstellen und sagen: *Du hast dich getäuscht, Mama. Schau, wie wir uns umarmen. Schau, wie wir lachen. Schau, wie wir für uns da sind.*

Ich würde sagen: *Siehst du das, Mama? Siehst du das?*

Ein Mann, früher ein Junge aus unserem Viertel, lief in seiner Armeeuniform durch die Straßen. Er hatte nur noch einen Arm und konnte die Spritze zwischen den Zähnen halten, um sich den Stoff mit der Zunge in die Venen neben der Achselhöhle zu spritzen.

Mein Bruder und ich beobachteten ihn abends von unserem Fenster aus, sahen seinen Kopf nach vorne nicken wie bei einem Vogel, der sich unter den eigenen Flügel duckt.

Nimm bloß keine Drogen, sagte mein Bruder zu mir.

Du auch nicht.

Bestimmt nicht, erwiderte er.

Mein Bruder und ich erwachten vom Geruch eines Hausbrands, zu weit weg, um das Feuer zu sehen, und er sagte, vielleicht würde er später mal Feuerwehrmann werden. Oder Astronaut. Oder Wissenschaftler, Polizist, Schlagzeuger in einer Rockband, Farmer.

Farmer. In SweetGrove hatte uns früher eine Farm gehört.

Ich beobachtete, wie mein Bruder die Welt beobachtete, wie sich seine hellwache, ernste Stirn vor Angst und Staunen zugleich in Falten legte. Wo immer wir hinschauten, sahen wir Leute, die sich versuchten wegzuträumen. Als gäbe es irgendwo einen anderen Ort. Als gäbe es ein anderes Brooklyn.

August, sagte mein Bruder oft. *Siehst du das? Und das. Und das.*

Wir teilten uns immer noch das einzige Schlafzimmer in der Wohnung, unsere Betten standen nicht weit auseinander. Morgens beim Aufwachen suchten wir sofort den anderen. *Na*, sagten wir. *Selber na. Hab dich lieb. Ich dich auch*, flüsterten wir abends, bevor wir die Augen schlossen. Wir langten über den Zwischenraum und schlangen die Finger ineinander, bis unsere Hände in der Dunkelheit schwitzten. Wir hielten uns fest.

Was ist in dem Gefäß, Daddy?

Du weißt, was in dem Gefäß ist.

Du hast gesagt, Asche. Aber wessen Asche?

Das weißt du genau.

Die von Clyde?

Clyde haben wir beerdigt.

Meine?

Das ist Erinnerung.

8

Das war im Sommer, als die Lichter in New York ausgingen und Leute die Geschäfte am Broadway plünderten, dann in Cabrios mit offenem Verdeck durchs Viertel fuhren und Schuhschachteln, Fernsehapparate und verpfändete Pelzmäntel über ihre Köpfe hielten. Mein Bruder und ich beobachteten alles vom Fenster aus. Die Straßen, sagte mein Vater immer wieder, seien für jeden vernünftigen Menschen zu gefährlich. Wir zündeten Kerzen an und erhitzten auf dem Herd Spaghetti in Dosen. Die Sachen in unserem Kühlschrank wurden schlecht, während mein Vater die Läden im Viertel nach Eisbeuteln abklapperte. Biafra und Vietnam waren vielleicht schlimmer, als mein Bruder und ich es uns vorstellten, aber der Blackout kam uns vor wie der Weltuntergang. Die ganze Nacht hörten wir Hupen und Sirenen, sahen Höker, die gestohlene Schachteln hochhielten und Preise ausriefen. Am Morgen ließ uns mein Vater in den Vorgarten gehen, wo wir eine alte, fast zahnlose Frau sahen, die breit grinsend einen Armvoll gereinigter Kleidungsstücke in glitzerndem Plastik die Straße entlangtrug. Wir sahen zwei Jungs, die sich ein Paar neue Rollschuhe teilten, einer hielt noch die Schachtel unterm Arm. Wir sahen Teenager zum Broadway laufen und fragten immer wieder, ob wir auch gehen dürften. *Das ist Diebstahl*, sagte mein Vater. *Wir stehlen nicht.*

Jahrelang hatten wir gehört, dass die Ladenbesitzer am Broadway weiß waren und in schicken Häusern lebten, in Vierteln wie Brentwood, Rego Park, Laurelton. Für uns hieß Ratenkauf, dass Nachbarn kaputte Sofas und zerfetzte Matratzen in den Durchgang zwischen Häusern warfen, lange bevor sie abbezahlt waren. Und während die Plünderer durch das Viertel zogen und Radios, Schuhe und gereinigte Kleider verkauften, die aus Geschäften mit eingeworfenen Schaufensterscheiben stammten, sehnten mein Bruder und ich uns danach, auch etwas von dem zu bekommen, was es am Broadway im Überfluss gab. Doch mein Vater verbot uns, den Vorgarten zu verlassen. Und er meinte es ernst.

Es war der Sommer, als in jedem Park und Schulgebäude Mittagessen umsonst ausgegeben wurde – braune Papiertüten, die in Plastik eingewickelte Wurstsandwiches und zuckersüßen Orangensaft in verschweißten Bechern enthielten. Hungrige

Kinder standen in der Hitze Schlange und hofften, dass vielleicht ein Nachbar freiwillig an der Ausgabe half und ihnen eine Extratüte zusteckte. Mein Vater war in diesen heißen Tagen ohne Kühlschrank pleite, weil er seine Arbeit bei Abraham & Strauss verloren hatte, deshalb standen mein Bruder und ich in einer Schlange, die sich um den ganzen Park zog, und lehnten am Maschendrahtzaun, während es langsam vorwärtsging. Ich hielt Ausschau nach Sylvia, Angela und Gigi – voller Angst, dass sie wie wir hungrig und verschwitzt voller Scham nach den braunen Tüten griffen.

Auch die letzten Weißen zogen im Lauf der Zeit weg. Wir kannten den Namen der deutschen Frau nicht. Sie war klein und dick, hatte schneeweißes Haar und erwachsene Söhne, die sie sonntags oft mit ihren Kindern besuchten. Die Kinder, drei Jungs mit Bürstenschnitt, wollten nicht mit uns spielen. Im Sommer saßen sie in Kragenhemden auf der Treppe zum Haus ihrer Großmutter und beobachteten die braunen Jungs, die auf der Straße Holzkreisel an gräulichen Schnüren wirbeln ließen. Ihre Väter hatten denselben Haarschnitt, trugen dieselben pastellfarbenen Kragenhemden. Am Spätnachmittag, wenn die Väter oben an der Treppe erschienen, standen die Jungen auf, und dann gingen sie alle zu identischen Kombis, die am Gehsteig hintereinander parkten.

Wenn die Autos wegfuhren, starrten die Jungs uns an. Manchmal winkte der Kleinste.

Die braunen Jungs, die auf den Gehsteig ausgewichen waren, um die Autos vorbeizulassen, rannten wieder auf die Straße und spielten weiter. Doch wenn die weißen Jungs weg waren, sah man die braunen unwillkürlich anders: abgeschnittene

Hosen und schmutzige weiße T-Shirts, aschfahle Knie, abgesplitterte Holzkreisel, die sich wie wild drehten.

Wir kannten nicht die italienische Familie oder die irischen Schwestern, die jeden Morgen gleich gekleidet aus dem Haus gingen, identische Einkaufswagen hinter sich herzogen und am Abend mit A & P-Tüten zurückkehrten. Wir kannten auch nicht den Mann, der die Jungen auf der Straße in einer Sprache anschrie, die keiner verstand, oder die rot gelockte Familie, deren Mutter immer aussah, als hätte sie gerade heftig geweint.

Aber wir kannten ihre Umzugswagen. Wir kannten ihre Autos. Wir kannten die Leute, die ihnen halfen, ständig nach ihren Autos sahen und dann den Jungs auf der Straße böse Blicke zuwarfen. Wir wussten, dass die Schläger der Stickballspieler keine Waffen waren. Wir wussten, dass die Spitzen der hölzernen Kreisel keinen Schaden anrichteten, außer vielleicht bei anderen Kreiseln. Dass die Lieder, die die Jungen sangen – *Ungawa, Black Power. Destroy! White boy!* –, nur Lieder waren und nicht dazu gedacht, Weiße aus dem Viertel zu vertreiben.

Trotzdem ergriffen sie die Flucht.

Sie fuhren in ihren Autos weg. Sie verschwanden auf den Rücksitzen der Autos von Söhnen und Töchtern. Sie hängten ZU VERKAUFEN-Schilder an ihre Häuser und zogen aus, noch ehe ein Käufer gefunden war. Sie vermieteten an alleinerziehende Mütter und Junkies, Puerto Ricaner und Schwarze, an jeden, der die Kaution, eine Monatsmiete, aufbringen oder die Aussicht auf einen Job belegen konnte. Sie stellten Matratzen, kaputte Tische und Schachteln mit alten Büchern an die Straße.

Ihre Autos, Transporter und Laster sprengten die braunen Jungs auf der Straße zur Seite, blinkten an der Ecke nach rechts und verschwanden dann für immer aus unserem Viertel.

Mein Bruder hatte die Mathematik entdeckt, das Wunder der Zahlen, die unendliche zweifelsfreie Möglichkeit. Er saß oft auf dem Bett und löste

Aufgaben, die kein Achtjähriger verstehen sollte. *Im Quadrat*, sagte er, *ist ein feststehender Wert. Über Algebra und Geometrie lässt sich nicht streiten. Keiner kann sagen, Pi ist falsch.*

Komm mit, flehte ich ihn an.

Doch mein Bruder schaute von seinen Zahlen auf und sagte: *Sie ist fort, August. Das steht fest.*

Spät im Herbst kam die Frau zurück, um Jennies Kinder abzuholen. Den Kleinen trug sie schreiend auf den Armen heraus, das Mädchen hüpfte voraus, ohne sich umzudrehen.

Was ist denn da los?, fragte mein Vater.

Sie holen Jennies Kinder ab.

Ich hatte dem Mädchen die Haare geölt und geflochten. Drei Cornrows von vorne nach hinten, gebunden mit einem blauen Goody-Band. Ich hatte ihnen Cornflakes und Pastramisandwiches, Maisgrütze und Eier zu essen gegeben. Ich hatte ihre Arme und Beine mit Vaseline eingeschmiert, ihnen mit einem nassen Waschlappen Milch vom Mund und Schlaf aus den Augen gewischt. Ich hatte ihnen vorgelesen und vorgesungen, Toilettenpapier befeuchtet und ihren trockenen Rotz abgeputzt. Wenn das Mädchen lächelte, waren seine Zähne erstaunlich weiß.

Das Mädchen, inzwischen ohne Goody-Band, hüpfte um die Ecke und verschwand. Mein Bruder behauptete, dass er das Baby noch schreien hörte, als sie schon lange nicht mehr zu sehen waren.

Ich stellte mir vor, dass die Frauen, die mein Vater mit nach Hause brachte, nur bis zur Rückkehr meiner Mutter bleiben würden. Jedes *Psst, meine Kinder schlafen.* Jedes *O Gott, deine Kleinen sind so süß!* brachte sie näher. Ich lag im Bett und lauschte, während klirrendes Eis in Gläsern und gedämpftes Lachen in Seufzen und Stöhnen überging. Ich stellte mir vor, dass ich aufwachte und die neue Frau mit Lockenwicklern im Haar sich mit einer Hand ihren Morgenmantel zuhielt und mich fragte, ob ich Pfannkuchen oder Cornflakes zum Frühstück wolle. Wie sie dann die Schränke nach Aunt-Jemima-Sirup absuchte und schließlich ein bisschen Zimt und Zucker zum Bestreuen verwendete, wenn sie keinen fand. Ich stellte mir vor, wie sie meine Haare mit kräftigen, sicheren Händen zu festen Cornrows flocht, meinem Bruder sagte, er solle den Daumen aus dem Mund nehmen, meinen Vater auf den Mund küsste, bevor er zur Arbeit ging.

Ich stellte mir vor, wie wir zu viert am Küchentisch saßen, der strenge Geruch von gekochten Schweinsinnereien ersetzt durch scharfe Chilisauce und weißen Reis, und die Frau, die nur bis zur Rückkehr meiner Mutter bleiben würde, mich fragte, ob ich wenig oder viel wolle.

Jahre später würde ich das Schwester Sonja erzählen, denn sie sollte wissen, dass ich von einer heilen Familie geträumt hatte. Dass ich sicher war, wir wären auf dem Weg dahin.

Auf der Ladentheke bei Poncho stand ein Glas mit eingelegten Schweinsfüßen, die er herausfischte und in braunes Papier packte. Wenn man sagte: *Ich will mir selber welche aussuchen*, sagte Poncho: *Nix da! Hier such ich aus!*, und seine Altmänneraugen musterten deinen Körper. Wenn man hungrig genug war, ließ man ihn gewähren.

Ich stellte mir vor, wie wir vier – Bruder, Vater, neue Frau, ich – das letzte Fleisch vom eingelegten Schweinsfußknochen nagten, Knorpel und

Knochen wieder in das braune Papier packten und alles mit Dr Pepper hinunterspülten.

Schweineschwarte wurde portionsweise verpackt und für fünfzehn Cent verkauft. Wenn man Chilisauce in die Plastiktüte gab, hatte man fast eine Mahlzeit. Mein Bruder aß seine ohne die Sauce und streute manchmal noch etwas Salz darüber.

An guten Tagen ging mein Vater mit uns um die Ecke, und wir durften uns Brötchen mit Schinken und Käse kaufen. Die dünnen gekochten Schinkenscheiben wurden auf italienisches Brot geschichtet, das bereits dick mit Mayonnaise bestrichen war. An manchen Tagen wollte mein Bruder lieber das viereckige Frühstücksfleisch mit den winzigen Fettstückchen.

Das war vorher.

Die Frau, die dann schließlich kam, schlich nachts nicht auf Zehenspitzen durch unser Zimmer, wollte keinen *ganz kleinen Schluck*, wenn mein Vater ihr seinen Whiskey anbot, und sie aß nicht gemeinsam mit uns Schweinsfüße und Frühstücksfleisch. Sie gehörte der Nation of Islam an, ihr Kopf war verhüllt, ihr dunkles Kleid reichte über die Knöchel. Sie sagte: *Ich bin Schwester Loretta*. Ihr Körper war ein Tempel, bedeckt und in sicherem Abstand von meinem Vater, sie benutzte kein von Schwein verunreinigtes Make-up, wie das nichterleuchtete Frauen taten. Sie sagte: *Ich weiß, wie erstaunlich und liebenswert ich bin.* Dann blickte sie lächelnd zu uns herab, und ihr Gesicht bekam etwas Sehnsüchtiges und Schönes.

Sie sagte: *Euer Vater ist bereit, sein Leben zu ändern.*

Sie sagte: *Mit dem Essen, das ihr zu euch nehmt, will der weiße Teufel unser Volk umbringen.*

Eines Sonntagmorgens kam sie in unsere Wohnung, holte staubige Töpfe und Pfannen aus dem Schrank und spülte sie leise summend in warmer Seifenlauge ab. Mein Vater saß am Tisch und las aus dem Koran, ein wässriges Brooklyner Sonnenlicht fiel auf die Seiten. Ihre großen Hände bewegten sich, als hätten sie unsere winzige Küche mit der vergilbten Spüle und abblätternden Linoleumtheke schon immer gekannt. Ich stellte mir vor, es wären die Hände meiner Mutter und dass wir wieder in SweetGrove bei unserem kaputten Herd und den staubigen Bücherregalen wären. Ich saß an der Küchentür, die Knie ans Kinn gezogen, die Augen auf sie gerichtet. Ihre Brüste waren schwer unter dem dunklen Kleid, aber sie war nicht dick. Trotzdem schien ihr Körper Kurven und die weichen, tiefen Stellen zu verheißen, von denen ich gerade eine Ahnung bekam. Irgendwann hätte ich ebenfalls volle Brüste, Hüften und große Hände. Irgendwann würde mein verhüllter Körper der Welt erzählen, dass ich eine Frau war.

Schwester Loretta machte uns weiße Bohnen und Auberginenauflauf. Sie sagte: *Schluss mit Blattkohl oder Limabohnen*, worauf mein Bruder und ich sagten: *Geht klar*, weil wir gerade anfingen, Slang zu sprechen. Sie zog uns an sich, schaute uns in die Augen und sagte, Slang sorge dafür, dass wir ungebildet und im Getto blieben. Wir glaubten ihr und benutzten Slang nur noch flüsternd, wenn sie nicht in der Nähe war. Wenn sie an der Tür klingelte, nahm ich zwei Stufen auf einmal, um zuerst bei ihr zu sein. Sie umarmte mich kurz, schob mich dann von sich und sagte, es gebe viel zu tun. Die Tüten mit rohen Erdnüssen, die mein Vater zum Kochen und Einsalzen oft mitgebracht hatte, wurden verbannt. Unsere geliebten Brötchen mit gekochtem Schinken oder Frühstücksfleisch, unsere Kartoffeln, egal, welche, alles verschwand. *Gift des weißen Teufels*, sagte sie. *Schwein vom weißen Teufel. Sklavenfutter*, sagte sie. *Aber wir sind keine Sklaven mehr*. Sie kam vom Ehrbaren Elijah Muhammad, dem Boten Allahs. Sie sagte, Allah sei Gott, und als wir sagten, *Gott ist weiß, weil Jesus sein Sohn ist*, schüttelte sie den Kopf, betrachtete die Staubschicht auf allem in unserer Wohnung, schüttelte wieder den Kopf und sagte: *Wenn Allah das für mich vorsieht, werde ich bestimmt damit fertig.*

Sie kam tagsüber, Mopp und Eimer in der Hand, und zeigte mir, wie man gelbe Gummihandschuhe anzieht. Gemeinsam nahmen wir den schwarzen

Schmutz zwischen den Leisten in Angriff, während ich ihr Geschichten von SweetGrove erzählte, wie schön meine Mutter aussah, wenn sie durch den Wald zum Wasser ging. *Ich bin immer mit ihr gegangen*, sagte ich und hörte wieder das Knirschen der Kiefernnadeln unter unseren Füßen.

Du würdest SweetGrove mögen, sagte ich. *Dort ist es so still.*

Mit Allah ist alles gut, sagte Schwester Loretta. *Mit Allah kehrt die Freude wieder ein.*

Wir knieten gemeinsam neben einem Eimer mit Seifenlauge und schrubbten mit steifen Bürsten das Linoleum, bis die braunen Kanten des Küchenbodens einem hellen Grün wichen. Am Spätnachmittag breiteten wir unsere Gebetsteppiche aus und knieten uns wieder in Richtung Mekka hin.

Und Allah heilte uns, so wie Schwester Loretta es versprach. Die raupenförmige Narbe, die sich vom Unterarm meines Bruders bis zum Handgelenk zog, verblasste zu einem rötlichen Braun. Er war stolz auf die Narbe und hielt seinen dünnen Arm hoch, die Hand zur Faust geballt wie Huey Newton. Es hätte schlimmer ausgehen können, sagten die Brüder der Nation zu meinem Vater. Allah hatte gesiegt. Die Glasscherben hätten unten auf einem Passanten landen können. Eine Ader hätte getroffen werden können. Mein Bruder hätte seinen Arm verlieren können. Mein Vater hätte an dem Abend einen langen Spaziergang im Viertel machen oder nach der Arbeit auf ein Glas einkehren können.

Wir lebten in unserer Vorgeschichte. Die Erinnerung an einen Albtraum, sichtbar als Narbe am Arm meines Bruders. Meine Mutter mit einem Messer unter dem Kopfkissen. Ein weißer, für uns nicht sichtbarer Teufel, der bereits in uns war und sich langsam auflöste. Und schließlich Schwester Loretta, ähnlich der fliegenden Nonne aus der Fernsehserie, nur ohne Flügel, die zu unserer Rettung herabgeschwebt war.

Die Kinder von Biafra verblassten hinter Nachrichtenbildern von hungernden Kindern in den Gettos von Chicago, Los Angeles und New York. Im Fernsehen sahen wir die Kameras über Stadtteile schwenken und dann auf Kinder zoomen, die hungrig und fragend zurückstarrten. In New York entdeckten die Kameras puerto-ricanische Straßengangs, die sich lachend prügelten, während

ein ernster Mann vor ihrer Gefährlichkeit warnte. Mein Bruder, der am Fenster stand, suchte die Straße nach Kameras ab.

Während mein Bruder und ich die hölzernen Schranktüren putzten und die Glasknäufe polierten, kochte uns Schwester Loretta mit Käse überbackene Bohnen- und Rübenaufläufe, Rote Bete mit Orangensauce, Curryreis, gegrillte Steaks und Spargel. Am Spätnachmittag kam sie mit Hühnchen vom koscheren Fleischer und erklärte uns, dass nur die Juden und das Volk Allahs es verstanden, sich richtig zu ernähren. Wenn wir vergaßen, dass unsere wirkliche Mutter bald kommen würde, nannten wir sie *Schwester Mama Loretta* und baten sie, ihren Hidschab abzunehmen und uns ihr Haar zu zeigen. Nachdem sie sich vergewissert hatte, dass mein Vater nicht in der Nähe war, nahm sie das schwarze Tuch ab und offenbarte ihr natürliches, kurz geschnittenes Haar. Sie flocht mir Cornrows, verhüllte dann meinen Kopf und meinte, wenn ich mich richtig ernähren, dem Boten Elijah Muhammad folgen, Allah preisen und bescheiden bleiben würde, würde ich später mal so schön wie Lola Falana werden. Also presste ich die Beine fester zusammen, trug weite Hemden über meinen wachsenden Brüsten und versprach ihr, das heilige Wesen zu bleiben, das Allah geschaffen hatte. Aber ich log.

Frühmorgens kniete ich mich Richtung Mekka hin und betete stumm für meine Mutter – dass sie in der Dunkelheit zu uns zurückkehren und uns aus dem Schlaf küssen würde. Ich betete, dass mein Kopf mit den verschwommenen Erinnerungen endlich klar würde und ich das Gefühl verstehen lernte, das ich empfand, wenn ich meinen neuen Freund Jerome küsste und er mit zitternden Händen meinen Körper ertastete. Ich wusste, ich war verloren in der Welt, und versuchte zu begreifen, warum ich so oft das Gefühl hatte, knapp außerhalb zu stehen – von allem.

Schwester Loretta und ich beteten gemeinsam in einem von meinem Vater und Bruder getrennten Raum. Der Ehrwürdige Elijah war Gottes auserwählter Bote. Wir waren von Allah auserwählt und lebten jetzt rein, bedeckten unsere Köpfe beim Beten und aßen nichts mehr, was uns umbrachte. Unsere Herzen und Gedanken bewegten sich auf ein tieferes Verständnis zu.

Wenn es Abend wurde, verließ sie uns.

Trotzdem ...

In Uganda bereitet die Volksgruppe der Baganda jedem Stammesmitglied schon in der Kindheit ein Grab.

9

Ich wollte meinen Kopf nicht in der Öffentlichkeit bedecken. Wollte nicht als Botin der Lehren Allahs durchs Leben gehen. Wenn ich mit den Mädchen zusammen war, aß ich Hotdogs und Speck. Meine muslimischen Vorstellungen kamen nicht von Herzen. Ich ließ Raum für etwas Vielversprechenderes. *Lass sie sein, wie sie sein möchte*, sagte mein Vater. *Ja*, sagte ich. *Ich will ich selbst sein.*

Sie war Schwester Mama Loretta, wenn unsere Stirn von Fieber glühte, wenn unser Magen rebellierte und wir sanfte Hände brauchten, die uns den zuckenden Kopf hielten. Beim Monopoly oder Schachspielen lachten wir über ihre Geschichten und bettelten: *Erzähl uns noch eine, Schwester Mama Loretta*. Aber sie war nicht meine Mutter. Das wussten wir alle.

Beim Frühstück, wenn Dorothy Moore im Radio auf WWRL »Misty Blue« sang, verfiel mein Vater in Schweigen und schaute verstohlen zum Fenster, als könnte meine Mutter plötzlich erscheinen und wie ein Vogel auf der Fensterbank sitzen. *»Oh, it's been such a long, long time. Look like I'd get you off of my mind.«*

Doch meine Mutter zeigte sich nicht. Inzwischen stellte ich mir vor, dass sie verrückt wäre, mit wildem Haar und großen Augen, nicht die Frau,

die sie vor der Rückkehr ihres Geisterbruders war, die Frau, die ihre Blusen bügelte und ihre Lippen straffte, um roten Lippenstift aufzulegen.

Abends verhüllte ich meinen Kopf und kniete allein in der stillen Wohnung, während mein Vater und mein Bruder gemeinsam in der Moschee beteten, getrennt von den Frauen. Ich legte die Stirn auf den Boden, streckte die Arme vor mir aus. Irgendwann wären wir Frauen, Sylvia, Angela, Gigi und ich. Dann würden wir nicht mehr Arm in Arm gehen oder uns nachmittags das Haar kämmen. Wir würden nicht mehr die Wange auf schlagende Herzen legen und beim Seilhüpfen *Zehn, zwanzig, dreißig, vierzig, fünfzig* singen. Das alles wäre vorbei, wenn wir Frauen wären. Wir könnten keine Freundinnen sein, hatte meine Mutter gesagt. Wir könnten einander nicht trauen.

Und wohin ich auch schaute, sah ich die Wahrheit in einem Haufen Scherben.

Als ich neun Jahre alt war, schaute Jerome, der mit seinen Freunden auf der Straße spielte, zu meinem Fenster hoch und zwinkerte mir zu. Ich wusste nicht, wie ich zurückzwinkern sollte. Ich wusste nicht, wie ich in sein dunkles Gesicht sehen und darin Verheißung erkennen sollte. Die Welten von SweetGrove und Brooklyn waren noch nicht zu einer Welt verschmolzen. Als er Jahre später meine Hand ergriff und sagte: *Ich kenne dich*, sah ich zu dem Teenager auf, der vor mir stand, und erinnerte mich an so vieles. *Eines Tages machen du und ich es*, sagte er. Ich war zwölf und dachte, sechzehnjährige Jungs sagten das zu jedem Mädchen, also nickte ich und meinte: *Okay*. Da beugte er sich herab und küsste mich.

Wer konnte verstehen, wie beängstigend und schön es ist, von einem Jungen geküsst zu werden? Nur meine Mädchen, dachte ich.

Nur meine Mädchen.

Sylvia war die jüngste von vier Schwestern. Klavierstunden. Tanzstunden. An Sonntagnachmittagen, wenn die Familie aus der Kirche zurückkehrte, wartete im Wohnzimmer eine Französin auf die Mädchen. *Ihr müsst so gehen*, sagte die Frau auf Französisch. *Ihr müsst die Beine so übereinanderschlagen, wenn ihr sitzt. Das ist die Salatgabel, der Dessertlöffel, das Glas für Burgunder.* Angela, Gigi und ich beobachteten alles an der Tür, vom strengen Blick ihrer Mutter in Schach gehalten. Hinter dieser Schwelle, sagte ihr Blick, habt ihr nichts zu suchen. Selbst hier ist schon zu weit. Wir hörten den Tonfall in den französischen Worten, die wir nicht verstanden. Zusammengedrängt in dieser Tür, waren wir nicht mehr verloren und schön, sondern durch einen Lidschlag ihrer Mutter zerlumpt und hässlich.

Sylvia bat uns, trotz allem zu bleiben, bat ihren Vater mit einem mädchenhaften *Papá*, und dann folgte ein Schwall von französischen Worten, die ihr wie ein Lied aus dem Mund perlten.

An den Wänden eines Raums, der nur zum Sitzen diente, hingen Fotos der vier Mädchen. Im Keller standen ein Billardtisch und ein Kühlschrank mit Eisspender. Die beiden ältesten Schwestern waren bereits an der *Universität*, wie Sylvias Vater es nannte. Aber Sylvia und ihre dritte Schwester hatten jeweils ein Zimmer, gestrichen in der Farbe ihrer Wahl. Sylvias Zimmer war rosa. Das ihrer älteren Schwester hellgrau. In dieses Zimmer zog ihre ältere Schwester sich zurück, wenn wir kamen, rätselhaft und böse. Eines Samstags erschien sie aus ihrem Zimmer und schlug Sylvia, nur weil sie zu laut gelacht hatte. Sylvia hielt sich schweigend die Wange. *Es ist gegen die Regeln, so zu lachen*, sagte sie schließlich. *Ich sollte wissen, dass wir was Besseres sind.*

Aber du lachst doch immer so, sagten wir.

Nicht immer, sagte Sylvia. *Nicht hier.*

Die Eltern löcherten uns mit Fragen. Wer waren unsere Familien? Was machten sie? Wie waren unsere Noten? Welche Ziele verfolgten wir? Begriffen wir eigentlich, wollte ihr Vater wissen, worin das Problem der Schwarzen in Amerika bestand? War uns klar, dass es an uns lag, uns darüber zu erheben? Seine Töchter würden Ärztinnen und Anwältinnen werden, davon war er überzeugt. *Es obliegt den Eltern*, sagte er, *ständig Druck zu machen.*

Als ich klein war, fragte mich meine Mutter, was ich später einmal werden möchte. *Ich möchte erwachsen sein*, antwortete ich, worauf sie und mein Vater laut lachten.

Aber wenn ich Sylvias Vater hörte, merkte ich, wie ich die Schultern straffte und das Kinn hob. Jura, hätte ich am liebsten gesagt, so wie Sie. Ich

will Wahrheit, hätte ich am liebsten gesagt. Die absolute Wahrheit, und wenn das nicht möglich ist, einen Grund – einen Grund für alles. Aber die Säume meiner Schlaghose waren ausgefranst. In diesem Haus, wo man keine Schuhe tragen durfte, war ich mit Socken, die Löcher an den Fersen hatten. Meine Hände und Arme waren im Winter oft aschfarben, weil ich nicht aufpasste. Wie konnte ich überhaupt nach etwas streben, wenn ich so durchs Leben lief? Der Blick von Sylvias Mutter sagte uns immer wieder: *Träumt nicht. Träume sind nicht für Leute, die so aussehen wie ihr.*

Deshalb wollte ich wie Sylvia sein. Und weil ich das unbedingt wollte, erzählte ich ihr von meiner heimlichen Liebe, dass ich Jerome abends manchmal bei mir im Treppenhaus traf, seine Hände überall, seine Lippen auf meinem Mund, Hals, Brüsten. Dass ich auf der oberen Stufe stehen musste, um ihn zu erreichen. Dass er

Ausschau hielt nach Erwachsenen, bevor er das Haus verließ.

Sylvias Welt war für mich vornehm und fremd. Mutter und Vater in einer Stadt, ein Heim. Jedes Zimmer geputzt und sauber. Betten immer gemacht. Bücherregale abgestaubt. Töpfe und Pfannen verstaut in einer, wie ihre Mutter es nannte, Speisekammer. Über den Kommoden hingen glänzende Spiegel. In den Toiletten roch es nach Desinfektionsmittel.

Es gab frisch gebackenes Brot in einem Brotkasten. Erbsen und Reis waren in Tupperware verpackt im Kühlschrank. Weiße Kniestrümpfe lagen zusammengefaltet in Schubladen, Hosenanzüge hingen in Schränken, Plateauschuhe standen ordentlich aufgereiht in Schuhregalen. Über dem Klavier hing ein Gemälde von Toussaint Louverture, dem haitianischen Revolutionär, ein weiteres von Chukwuemeka Odumegwu Ojukwu, dem Staatschef von Biafra, hing zwischen zwei Fenstern mit Samtvorhängen.

Zu Hause bei Sylvia saßen Angela, Gigi und ich mit überkreuzten Knöcheln da und schämten uns plötzlich für unsere abgeknabberten Nägel und krausen Haare. In dieser Umgebung wünschte ich mir eine Kopfbedeckung, einen bodenlangen Rock. Wir hatten das Gefühl, als hätten wir uns auf eine Party geschlichen, zu der wir nicht eingeladen waren. Wir hatten Angst, wir könnten die auf dem Kaminsims aufgereihten Porzellanteller zerbrechen, zu laut reden, mit offenem Mund lachen. Jeder schiefe Blick von Sylvias Mutter erinnerte uns daran, wie absolut wertlos wir waren.

Wir sahen, wie Sylvia wieder zum kleinen Mädchen wurde, und versuchten, ebenfalls wieder kleine Mädchen zu sein.

Führ dich bloß nicht auf wie eine schmutzige schwarze Amerikanerin, sagte Sylvias Schwester.

Sylvias Wange wurde nach der Ohrfeige rot. Der Handabdruck ihrer Schwester war noch tagelang zu sehen.

Jura. Für mich hegte niemand diesen Traum. Niemand streckte eine Hand aus und sagte: *Da, nimm.* Und so erzählte ich Sylvia meine Geheimnisse und hoffte, dass ich als Gegenleistung etwas zurückbekommen würde. Ich erzählte ihr flüsternd, wie ich mich langsam verliebte. Zuerst in die Art, wie Jerome meinen Namen sagte, *August*, so sanft dahingehaucht, dass ich fast den Sommer in seiner Stimme hörte.

Ich war dreizehn, als wir zum ersten Mal weitergingen und uns nicht nur verstohlen bei mir im dunklen Treppenhaus küssten. Nur Sylvia wusste davon. Gib mir was zurück, hätte ich gern zu ihr gesagt. Ich will, dass deine vielversprechende Zukunft die Leere ausfüllt, die vor mir liegt.

10

Aber es war Gigi, die als Erste ging. Eine Frau in weißen Lacklederstiefeln kam eines Tages und holte sie aus dem Unterricht, damit sie in einer Schauspielschule in Manhattan vorsprechen konnte.

Alle mal herhören, sagte Gigi. *Das ist meine Mom.*

Hey, sagten wir, verblüfft von der Frau, die so jung und schön war, dass sie den Titel von *Ebony* oder eine Doppelseite in der Zeitschrift *Jet* hätte zieren können.

Selber hey, sagte Gigis Mutter.

Beim Vorsprechen, erzählte Gigi uns später, musste sie immer dieselben Zeilen wiederholen – *»Hey Big Daddy, ain't you heard … the boogie-woogie rumble of a Dream Deferred?«*

Gigi sagte uns die Zeilen immer wieder auf, ihre Stimme tiefer, fremd, unsere Gigi, aber anders, wie sie da in der Haut eines anderen vor uns stand.

Sie meinten, ich hätte was. Eine weiße Frau dort meinte: Aus dir kann was werden.

Und dann plötzlich, als hätte Sylvias Vater uns scharf angesehen und alles entdeckt, was er hasste, waren wir nicht mehr länger Sylvias Freundinnen, sondern Gettomädchen. Wenn wir am Spätnachmittag zu ihr kamen, stand er an der Tür. *Kein Besuch heute*, sagte er. *Sylvia muss sich für die neue Schule vorbereiten.*

Geht nach Hause, sagte er. *Lernt. Werdet besser, als ihr seid.*

Wir hätten seine verletzende Bemerkung seinem gestelzten Englisch zuschreiben können. Wir hätten sagen können: *Fick dich, Mann!*, und werden können, wofür er uns schon hielt. Aber wir schwiegen.

Keine von uns fragte, welche neue Schule. Oder warum. Er war groß und dick, sein Hass auf uns zeigte sich in einer tiefen Falte zwischen den Augenbrauen.

Wir wandten uns von Sylvias Tür ab und verabschiedeten uns an der Ecke, jede von uns in verlegenes Schweigen versunken. Wir schämten uns für unsere Haut, unser Haar, die Art, wie wir unsere Namen sagten. Wir sahen, was er sah, als wir einander anschauten. Und so blickten wir zur Seite und gingen nach Hause.

Im Unterricht erinnerte uns Sylvias leerer Platz an ihren Vater, an seine verschränkten Arme und den bösen Blick, der uns vor einer Macht warnte, die uns zunehmend vertraut wurde. Einer Macht, die wir nicht besaßen und auch nicht so recht verstanden.

Als wir Sylvia eine Woche später wiedersahen, trug sie eine Uniform der St. Thomas Aquinas, und der Arm ihrer Schwester lag fest um ihre Schultern. Sie warf uns einen kurzen Blick zu, sagte lautlos: *Später im Park*. Ich drückte Gigis Hand und nickte.

Am Abend zog Sylvia einen Joint aus der Manteltasche, ließ ihn langsam im Mund verschwinden, zog ihn wieder raus und sagte: *Damit er nicht so schnell runterbrennt*. Keine von uns fragte, woher sie den Joint hatte oder die Winston-Streichholzschachtel. Wir standen um sie herum und beobachteten, wie sie den Rauch tief in die Lunge sog, ihn dort hielt und dann ausstieß. Wir folgten ihrem Beispiel, der Rauch brannte mir heiß und schwer im Rachen. Wir hatten Teenager gesehen, die das machten, eng zusammengedrängt wie eine Faust, die Augen vor dem Rauch geschlossen. Wir husteten die ganze Zeit und lachten über unsere Unwissenheit, bis das Lachen und der Rauch alles Unmögliche im Leben freizusetzen schienen.

Es war wieder Winter. Angela hatte sich im Tanzen verloren, Gigi in einer Hauptrolle nach der anderen an der Schauspielschule, die sie jetzt besuchte.

Ich verbrachte meine Zeit damit, Leute beim Auszug zu beobachten. Aus anderen Gebäuden, aber auch in unserem Haus herrschte reges Kommen und Gehen. Jennie wurde durch Carla ersetzt, die nur einen Monat blieb, dann kam die Polizei und führte sie ab. Carla wurde durch Trinity ersetzt, einen kleinen, mädchenhaften Mann, der Französisch mit den Männern redete, die ihm die Treppe hinauf in den Abend folgten.

In der Moschee fragten die Schwestern: *Was ist mit ihrer Mutter?* Dabei musterten sie den dünnen Schnurrbart meines Vaters, sein kurz geschnittenes Haar, seine breiten Schultern. Die gepflegten Nägel an seinen acht verbliebenen Fingern verhießen ihnen Beschädigung, Mangel und, so hofften sie, Bedürftigkeit.

Ihre Mutter ist gestorben, antwortete mein Vater.

Ihre Mutter ist gestorben, wiederholte Schwester Loretta.

Was ist in der Urne, Daddy?

Du weißt, was in der verdammten Urne ist, August!

Nachts redete ich mit meiner Mutter, entschuldigte mich für die Lügen meines Vaters und versprach ihr, dass er irgendwann nicht mehr so ängstlich wäre. Dann würde er mit uns zurück nach Tennessee gehen, zurück nach SweetGrove. Ich bat sie um Geduld, denn Allah machte alles möglich.

11

Wir wurden dreizehn, und wo wir auch waren, schien es Hände und Zungen zu geben. Wo immer wir mit unseren neuen Brüsten und länger werdenden Beinen auftauchten, sahen wir lüsterne Blicke und leckende Lippen.

Eines Samstagmorgens gingen Angela, Gigi und ich zu Sylvia, als ihre Familie weg war. Sylvia, die uns hineinschmuggeln konnte, bügelte ihre Schuluniform, während wir uns unterhielten.
Es ist so weit, sagte Angela. *Ich blute.*

Endlich, sagten wir.

Wir dachten schon, du kommst nie zu uns in den Klub.

Wir waren jetzt Teenager und sahen anders aus, waren aber alle noch gleich groß und uns nach wie vor sehr ähnlich.

Wir hatten unsere Treffpunkte. Auf der Treppe der geschlossenen Bibliothek rauchten wir Joints, bei mir stiegen wir über Gebetsteppiche und saßen auf meinem Bett, in der Royal Pizzeria schnitten wir zwei Pizzastücke in vier, denn wenn wir dort etwas aßen, durften wir stundenlang sitzen bleiben. Parkschaukeln, Handballplätze, die sonnige Stelle an der Ecke einer fensterlosen

Fabrik, aus der jeden Tag um 17 Uhr Dutzende von blassen, müden Frauen strömten.

Angela sagte: *Meine Mutter will, dass ich es keinem erzähle.*

Aber wir mussten es gar nicht hinausposaunen. Es wurde wieder Sommer, und überall waren Männer und Jungs. Auf der Straße spürten wir leichte Hände auf unseren Hintern, Blicke, die zu lange auf unseren Brüsten verweilten, Fremde flüsterten uns im Vorbeigehen zu und versprachen Dinge, die sie uns antun, die sie mit uns oder für uns tun könnten.

Als Sylvia drohte, von zu Hause wegzulaufen, durften wir bei ihr übernachten. Ihr Vater wollte unsere Eltern anrufen, weil sie wissen sollten, wo wir waren. Wir schauten ihn nicht mehr an – gaben ihm nur unsere Nummer, ohne den Blick zu heben. Angela sagte schnell: *Meine Mutter weiß*

Bescheid, bevor irgendwer eine Nummer wählen oder mit jemandem reden konnte. *Alles in Ordnung*, sagte Angela und sah beiseite.

Nach dem Gespräch mit meinem Vater sagte er: *Er ist ein guter Mann. Er hat seinen Gott. Ein Mann braucht seinen Gott*. Er beäugte Angela, den zerrissenen Pulli, das Loch im Zeh ihrer schmuddeligen Socken. Angela steckte einen Fuß unter den anderen, machte sich klein. Dann ging er, ohne etwas zu sagen.

Wir blieben lange auf, schauten uns Sitcoms an, aßen Eis am Stiel und tütenweise Süßigkeiten. Sylvia und ich trugen Babydolls, in denen wir uns anrüchig und aufgekratzt fühlten. Wir tanzten eng miteinander. Angela zeigte uns, wie man mit der Zunge küsst, und wir übten stundenlang. Wir übten, bis wir meinten, unsere Körper würden explodieren.

Wir flüsterten: *Ich liebe dich*, und meinten es ernst.

Wir sagten: *Das ist unheimlich*, und lachten.

Als Jerome fragte, wo ich gelernt hatte, was ich jetzt konnte, sagte ich: *Mach dir deswegen mal keine Sorgen*, denn er war achtzehn, ich fast vierzehn, und für mich zählten nur sein *Ich liebe dich* und dass er es ernst meinte.

Manchmal saßen wir vor dem Fernseher und sahen zu, wie Clark Kent sich in Lois Lane verliebte, und dann verstanden wir plötzlich, was es hieß, Geheimnisse für sich zu behalten. Wenn Angela weinte, uns aber nicht sagen wollte, warum, versprachen wir ihr ewige Treue, erinnerten sie an ihre Schönheit und sagten: *Klopf, klopf, Angela. Lass uns rein, lass uns rein.* Wir streichelten ihre spitzen Wangenknochen, fuhren mit den Fingern sanft über ihre Lippen, hoben ihr Hemd hoch und küssten ihre Brüste. Wir sagten: *Du bist so schön.* Wir sagten: *Hab keine Angst.* Wir sagten: *Wein doch nicht.*

Wenn sie tanzte, erzählte ihr Körper Geschichten, für die wir alle noch zu jung waren – wie sie den Rücken weit nach hinten wölbte, den langen Hals unmöglich verdrehte, die Hände flehentlich erhoben.

Was willst du damit sagen?, fragten wir sie. *Erzähl uns, was dir fehlt!*

Doch Angela schwieg.

Am vierten Juli ging mein Vater mit uns allen zum East River, wo sich Tausende von Menschen drängten, um das Feuerwerk über dem Wasser zu sehen. Eng an mich gepresst, flüsterte Angela mir ins Ohr: *Irgendwann geh ich von hier weg.*

Ich versprach, wir würden mit ihr gehen.

Doch Angela schüttelte den Kopf, der mit dem geglätteten, über Stirn und Ohren nach innen gedrehten Haar an einen Pilz erinnerte. Sie starrte geradeaus auf das Feuerwerk.

Nee, sagte sie. *Macht ihr nicht.*

Am Abend, als New York und der Rest des Landes seine Unabhängigkeit feierte, war die ganze Welt um uns nur noch rot, weiß und blau. Wir hatten einen Joint auf der Toilette eines belebten McDonald's geraucht und fühlten uns wild, schwindelig und frei. Auf der Rückfahrt in der U-Bahn spielte jemand auf seinem Gettoblaster »50 Ways to Leave Your Lover«, und wir lachten alle und sangen mit.

Hop on the bus, Gus. You don't need to discuss much.

Angela nickte und sagte: *Wenn das mal nicht stimmt.*

Auf einem anderen Planeten hätten wir Lois Lane oder Tarzans Jane oder Mary Tyler Moore oder

Marlo Thomas sein können. Wir hätten unsere Hüte in die Luft werfen, herumwirbeln und lächeln können. Wir hätten es am Ende schaffen können. Wir sahen die Filme. Wir kannten die Songs. Wir sangen mit, wenn Mary mit großen Augen und voller Ehrfurcht Minneapolis entdeckte. Wir träumten mit Marlo davon, eines Tages berühmt und erfolgreich zu werden. Wir hoben ab mit der fliegenden Nonne.

Aber wir waren jung. Und wir waren auf der Erde, auf dem Weg zurück nach Brooklyn.

12

Ich suchte Jennies Kinder in den Gesichtern von Fremden. Das verängstigte Mädchen, eine Hand fest um ein Stück Wurst geklammert, der Junge mit den zu kleinen Schuhen. An dem Abend, als die Frau sie abholte, hatten sie den ganzen Tag geweint. Mein Bruder und ich gingen nach unten, um sie zu holen, aber die Tür war verschlossen. *Macht die Tür auf*, sagten wir immer wieder. Doch obwohl wir sie weinen hörten, öffneten sie nicht. Also gingen wir wieder nach oben und schalteten das Radio ein.

Sie standen auf dieser Seite des Biafrakriegs und steckten in den Mund, was immer wir ihnen anboten, aber sie schienen nie satt zu werden. Dieselbe dunkle Hautfarbe. Dieselben ängstlichen Augen. Wo hatte man sie wohl diesmal hingebracht?

Macht die Tür auf, riefen wir. *Wir sind's. Oben gibt es was zu essen. Wir können Verstecken spielen. Macht bitte die Tür auf*, riefen wir. *Wir nehmen euch mit, bei uns ist es schöner.*

Wir waren nicht arm, aber wir lebten am Rand der Armut.

Gegenüber auf der Straße zog Alana ein. Sie trug Herrenanzüge und tanzte mit ihrer grünäugigen Freundin im Vorgarten den Hustle, dabei wippte ihr perfekt gewölbter Afro. Wenn sie lächelte, ging erst ein Mundwinkel, dann der andere nach oben. Wir saßen zu viert auf dem Bordstein und beobachteten sie fasziniert.

Abends, wenn die DJs Verlängerungskabel in die Straßenlichter steckten, folgten wir den braun-weißen Kabeln zur Musik in den Park. Wir beobachteten die Jungs aus dem Viertel beim Breakdance auf flach getretenen Pappkartons und kreischten, wenn der DJ Steve Wonders »Sir Duke« auf den Plattenteller legte und Jerome mich von meinen Mädchen wegzerrte. Während Stevie in der Dunkelheit sang: »They can feel it all over …«, kniete sich Jerome vor mich hin, zog mir die Shorts zu den Knien und berührte mich mit seinem Mund, bis mein ganzer Körper explodierte. Zitternd presste ich den Rücken an die Betonwand des Handballplatzes. Der DJ hatte »Sir Duke« mit einem langsamen Stück überblendet, das ich nicht kannte, und plötzlich war ich den Tränen nah. Dies war der Tempel, den ich Schwester Loretta versprochen hatte zu beschützen, und jetzt, meine Shorts unten an den Knien, war mir plötzlich kalt. Ich hielt Jeromes Kopf einen Augenblick lang fest, sein weiches, nasses Gesicht auf meinem Bauch, und schob ihn dann wieder nach unten.

Die Temperaturen überschritten die 37-Grad-Marke, und wir schwitzten uns durch die Tage zu den Abenden im Park. Angela ging mit einem Jungen namens John, der zarte Finger hatte und lispelte. Sylvias Freund, der so alt war wie Jerome, zog sie von uns weg in die Dunkelheit hinter dem Handballplatz. Gigi sagte, sie verliebe sich gerade in Oswaldo, dessen älterer Bruder im Sommer zuvor bei einem Gangstreit mit den Devil's Rebels umgekommen war. Wir hatten Angst vor den Gangs, die in unserem Viertel die holzgetäfelten Häuser zu Asche niederbrannten. Aber wir hatten unsere Jungs, und wir hatten einander.

Wir kannten die Geschichten. Unten an der Knickerbocker rannte ein Mädchen aus ihrem Haus, ihr Kleid stand in Flammen. Als sie in Sicherheit war, war sie nackt. In der Halsey Street trug ein Feuerwehrmann zwei kleine Kinder die Feuerleiter herunter. Er konnte ihre verängstigten Arme lange nicht von seinem Hals lösen. Ich fragte mich, ob es Jennies Kinder waren, und suchte in der Zeitung nach ihren Namen.

Am Ende des Abends schmiegten wir uns an unsere Freunde, schlangen die Finger ineinander und wiegten uns langsam, wenn der DJ verkündete: *Hey, Leute, die Party ist jetzt gleich vorbei.* Wir hielten uns weiter an ihren dünnen Körpern fest, genauso unsicher wie sie, worauf wir uns zubewegten. *Bitte*, drängelten sie. Und lange flüsterten wir zurück: *Nicht das. Noch nicht.*

Charlsetta war fortgeschickt worden. Sie war sechzehn, Kapitänin der Cheerleader an der Thomas Jefferson High. Sie hatte einen glatten Pferdeschwanz und einen Pony, der ihr lockig in die Stirn fiel. Wochenlang fragten wir ihren jüngeren Bruder, wohin sie verschwunden war. Die ganze Straße hatte das Geschrei gehört. Wir hatten gesehen, wie ihre Mutter am Morgen mit strengem Gesicht und steifem Rücken aus dem Haus zur Arbeit ging. *Charlsetta hat gestern Abend den Hintern versohlt gekriegt*, sagten wir zueinander. *Ihre Mutter hat sie vermöbelt.*

Wir lachten, bis die Geschichte zur Legende wurde, eine Warnung an uns, dass auch wir von dieser Art der öffentlichen Demütigung nicht weit entfernt waren. In jeder von uns steckte eine Charlsetta.

Sie kriegt ein Baby, gab ihr Bruder schließlich zu. *Sie ist zurück nach Süden geschickt worden.*

Wir zogen die Finger unserer Freunde aus uns raus, schoben sie weg, knöpften unsere Blusen zu. Wir wussten, was das bedeutete. Jeder hatte einen Ort im Süden. Jamaika, Dominikanische Republik, Puerto Rico. Ein Ort, der uns drohend erwartete, um von einer altmodischen alleinstehenden Tante oder einer strengen Großmutter erzogen zu werden.

Der Süden war voller Teenager wie Charlsetta, die in kahlen Vorgärten zwischen pickenden Hühnern ihre Bäuche vor sich hertrugen. Bei dem Gedanken an Charlsettas Bauch schauderten wir und stellten uns vor, wie sie und ihr Freund zusammen waren, während ihre Mutter bei der Arbeit war. Wie oft hatten sie es gemacht? Wie fühlte es sich an? Wann hatte sie es gemerkt?

Wir saßen auf der Treppe und schauten zu Charlsettas Haus. Wir glaubten, dass sie irgendwann zurückkäme, ein Kind in einer rosa Decke auf dem Arm. Wir stellten uns vor, dass sie ihren Platz im Team wieder einnehmen und mit wippendem Pferdeschwanz ihre blau-goldenen Puscheln in der Luft schwenkte – *Come on team, fight-fight with all your might-might, get on the floor and let's score some more. Go boy!* Als die Zeit verging und sie nicht nach Hause kam, dachten wir, sie käme ohne Baby wieder, weil die altmodische Tante oder die verkniffene Großmutter das Kind als ihr eigenes großzog und Charlsetta zurück nach Brooklyn in ihr Leben schickte.

Der Herbst kam, und die DJs bauten ihre Verstärker und Lautsprecher nicht mehr im Park auf. Die Straßenlichter flackerten nicht mehr, weil kein Strom mehr abgezapft wurde. Unsere Freunde drängelten weiter, und immer wieder sagten wir: *Nein.*

Charlsettas Bruder brach sich beide Arme im Bushwick Park, die Gipsschlingen kreuzten sich über seiner Brust. *Ist deine Schwester schon zurück?*, fragten wir ihn. Die Antwort lautete jedes Mal Nein. *Verdammt!*, sagten wir. *Sie ist für immer fort.*

War mein Vater wirklich so geistesabwesend, wie ich ihn in Erinnerung habe? Ein Klappstuhl in der Küche, auf dem er saß, während er mit gesenktem Blick über die Kuppe strich, an der früher ein Daumen gewesen war; die scharfen Bügelfalten in seiner schwarzen Anzughose, verursacht von einem zu heißen Eisen, der Stoff stellenweise fast verbrannt und für immer glänzend. Wohin waren die Finger verschwunden, fragten mein Bruder und ich uns noch weit bis ins Teenageralter. *Ein Hund hat sie gefressen*, sagten wir. *Seine Hände sind in einem Loch stecken geblieben, und er hat gezogen und gezogen, bis. Bis.*

Der Winter kam, Ende Dezember versank Brooklyn knöcheltief in Eis und Schnee. In New York waren Plateauschuhe in Mode, also stapften wir durch das Viertel, in kniehohen Plateaustiefeln, die sich zwar an der Seite mit einem Reißverschluss schließen ließen, aber alles andere als wasserdicht waren. Wackelig und halb erfroren zitterte ich mich durch den Winter, während mein Vater auf seine Hände starrte. Er lebte jetzt ganz in seinem Glauben, und das ließ wenig Raum für die Belange eines Teenagermädchens. Während mein Bruder und ich früher hinter einem halb geöffneten Fenster eingesperrt waren, genossen wir jetzt Freiheiten, die keiner von uns so recht verstand. Wenn ich abends nach Hause kam, sah ich meinen Bruder manchmal am Fenster stehen und mit leerem Blick auf die Straße starren.

Eine Woche nach Weihnachten wurde eine Frau tot auf dem Dach der Marcy Houses gefunden, einer Sozialbausiedlung. Man hatte schon häufiger Frauen tot aufgefunden – in Fluren, in Kellern, in nicht beleuchteten Ecken von U-Bahnhöfen. Wenn wir durch die Straßen gingen, stellten wir uns manchmal vor, dass auch wir irgendwo gefunden wurden. Wie lange würde es dauern, bis man uns entdeckte? Wer würde zuerst fragen: *Hast du August gesehen? Hast du ... Angela gesehen?*

Angela sagte: *Ich weiß nicht, wo meine Mutter ist.* Sie war den Tränen nah, ihre Stimme zitterte. Ich packte sie fest und zog sie an mich. *Angela,* sagte ich, *es geht ihr gut. Es geht ihr gut!*

Sylvia und Gigi traten zurück, weg von uns, sodass es sich anfühlte, als drehte sich die Welt um ein Auge aus Kummer, in dem nur Angela und ich uns befanden.

Sie ist es nicht, Ang. Ich schwöre.

Aber sie war es doch. Eine Medicaid-Karte und eine Essensmarke im Wert von fünf Dollar in der linken Manteltasche. Ein Foto von Angela mit fehlendem Schneidezahn in der rechten. *Angela »Angel« Thompson, 7 Jahre alt,* ordentlich mit Kugelschreiber geschrieben. Wahrscheinlich sagte irgendwer in der Verwaltung von Kings County: *Herrgott, ich kenne das Kind dieser Frau.*

Bevor wir erfuhren, dass es ihre Mutter war, verbrachte Angela drei Nächte bei uns. Wir schliefen zusammen auf dem Ausziehsofa, mein Vater in meinem Bett. Ihr Haar roch nach Schweiß und Royal-Crown-Pomade, und selbst im Schlaf ging ihr Atem schnell. Im Licht einer Straßenlaterne starrte ich sie an, und da war sie, tief unter den glatten Wangen und der breiten Nase – da war die Frau mit dem dünnen Gesicht, dem fast zahnlosen Mund und Angelas Augen, die an uns vorbeigetaumelt war.

Im Halbdunkel sah ich das Dach vor mir und Angelas Mutter, eingerollt wie ein Fötus gegen die Kälte. Ich sah das Wasser. Ich sah Angela auf den schneebedeckten Boden sinken. Ich sah meinen Vater, der meine Mutter in ihrem Satinbett zum Abschied küsste, die Bibel auf ihrer Brust, den dünnen Ehering an ihrem zu reglosen Finger. Ich öffnete den Mund, um etwas zu sagen. Dann schloss ich ihn wieder. Und so blieb es ziemlich lange.

Am dritten Morgen nahm sich mein Vater einen Tag von der Arbeit frei und ging mit Angela zur Polizei. *Die Mutter dieses Mädchens*, sagte er, *ist offenbar verschwunden.*

Wir hatten Angelas Mutter nie kennengelernt. Aber jetzt war uns klar, dass wir sie gesehen hatten – in den geballten Fäusten der Frau, die unsere Straße entlanggetaumelt war, sich an einem STOPP-Schild festhalten wollte und es verfehlte –, als Angela im Tanzen innehielt und sich zu uns drehte, weg von der Frau.

Wir hatten gefragt: *Was ist denn, Angela?* Wir sagten: *Erzähl es uns.* Wir pressten unsere Ohren an ihr schlagendes Herz …

Sie ist nicht tot, Angela, flüsterte ich. *Sie haben die falsche Person.*

Als Angela sich ein paar Tage später von uns abwandte, wussten wir nicht, wie wir sie zurückhalten sollten. Wir sagten nicht: *Warte!* Wir sagten: *Wir haben dich lieb.* Wir sagten: *Bis morgen.* Wir sagten: *Immer und überall, Ang*. Wir sagten nicht: *Geh nicht weg*. Wir sagten nicht: *Wir kommen mit – egal, wohin du gehst.*

Wir waren Teenager. Was wussten wir schon? Nichts.

Es wurde Januar, und Sylvia verschwand tagelang in ihrer katholischen Schule und in ihrem rosa Zimmer, sicher versteckt zwischen ihrer feindseligen Mutter und ihrem Merleau-Ponty zitierenden Vater. Gigi betrat die Welt des Theaters und probte bis spät in den Abend. Sie sei zu müde, sagte sie, um auf einen Sprung vorbeizukommen.

Sie ist nicht tot, Angela, flüsterte ich immer wieder. *Glaub ihnen nicht.*

Aber Angela war nicht ich.

Da wohne ich, hatte Angela mal im Sommer gesagt und auf ein schönes rotes Backsteingebäude ein paar Straßen weiter gezeigt. Aber wir waren nie dort gewesen. Zwei Wochen nachdem man die Frau gefunden hatte, kamen Sylvia und Gigi zu mir, und wir zwängten uns gemeinsam durch die Eingangstür mit dem kaputten Schloss, um Angelas Nachnamen auf den Briefkästen zu suchen. Wir fanden ihn nicht. *Wohnt Angela hier?*, fragten wir die Leute, die in dem Gebäude ein und aus gingen. *Nee*, sagten sie. *Ich kenn keine Angela.*

Als wir bei ihr anriefen, teilte uns eine Ansage mit, dass der Anschluss abgeschaltet war. *Mist*, sagten wir. *Verdammt!*

Es war nicht ihre Mutter, sagte ich zu Sylvia und Gigi. *Sie haben sich geirrt. Glaubt mir. Ich bin mir ganz sicher.*

Wir warteten und zitterten. In unserer hilflosen Verzweiflung schwiegen wir jetzt alle drei zu oft.

—

Mein Bruder war groß und nachdenklich geworden. Er liebte Schwester Loretta, befolgte die Lehren der Nation of Islam und suchte in meinem Gesicht nach irgendwelchen Anzeichen.

Alles in Ordnung, August?

Ja.

Ganz sicher?

Ja.

Was denkst du gerade?

Nichts.

Eines Abends, nachdem mein Vater schon lange im Bett war, aber nur wenige Tage nachdem man Angelas Mutter gefunden hatte, schüttelte er mich wach.

Du hast immer gesagt, sie kommt zurück, flüsterte er. *Morgen und morgen und morgen.*

Ich kniff die Augen fester zusammen und drehte mich zur Wand.

Aber du hast dich geirrt. Sie kommt erst am Tag der Auferstehung zurück.

In unserem Garten in Tennessee standen die Geißblattsträucher jeden Sommer in voller Blütenpracht. Mein Bruder und ich rannten frühmorgens nach draußen, barfuß und noch im Pyjama, um die Süße aus den leuchtenden Blüten zu saugen.

Es war nie genug. Dieser leichte Hauch von Geißblatt auf der Zunge glich fast einer Verheißung von etwas Besserem, das irgendwo tief verborgen lag.

Ihr werdet noch krank, rief unsere Mutter, die in Schürze und hochhackigen Schuhen hinter der Fliegengittertür stand. Sie war schön, mit vollen

Lippen und dunkler Haut, das Haar zu einem Afro geschnitten. *Dieses Geißblatt will genauso wachsen wie ihr.*

Das Haar ein Heiligenschein. *Geheiligt werde dein Name. Wie im Himmel, so auf Erden.*

Ihr Bruder Clyde war noch nicht tot. Er saß an unserem Küchentisch, rauchte eine Pall Mall und erzählte Geschichten. Das wussten wir nur, weil er immer rauchte, und wir hörten, wie unsere Mutter manchmal lachte und sagte: *Ach, du und deine Geschichten, Clyde!* Sie sagte: *Und was ist dann passiert?* Sagte: *Heute Abend gibt's Katfisch. Bleibst du zum Essen?*

Mein Bruder und ich rannten durch die Felder, das hohe Gras kratzte an unseren Beinen und Füßen, die Sonne brannte auf uns runter. Diese Freiheit war alles, was wir kannten. Brooklyn war ein Ort, von dem mein Vater kam. Ein Loch, das sich unter ihm schloss. Für uns gab es nur SweetGrove und die Märchen, die unsere Mutter uns vorlas. Wir lebten in unserem eigenen Märchen.

Doch nach dem Tod ihres Bruders verschwand meine Mutter allmählich. Zuerst war der Tisch am Ende des Tages leer. Ich kam von der Schule zurück und entdeckte im Garten meinen Bruder, der nach Zuckerschoten und Beeren suchte, im Haus keine Anzeichen, dass gekocht wurde. Ein paar Stunden später kam mein Vater mit Einkaufstüten zurück – Dosenspaghetti und Tiefkühlpizza, Pasta und Fertigsuppen zum Aufwärmen auf dem Holzherd.

SweetGrove wurde Erinnerung. Meine Mutter wurde Staub.

Was ist in der Urne?

Du weißt, was in der Urne ist.

Ist Mama schon zu Hause?

Die Erinnerung wie eine Wunde. Verblassend.

Sie kommt morgen und morgen und morgen.

Geht nicht ins Wasser, Kinder.

Eure Mama hat es getrübt.

Unser Grundstück führte in grasigen Wellen zum Wasser. Dort endete es. Vielleicht hatte meine Mutter das vergessen.

Und war einfach weitergegangen.

13

Wir hatten keine Angst, mit unseren Freunden dunkle Ecken aufzusuchen. Obwohl Jahre zuvor ein Serienmörder, der sich *Son of Sam* nannte, New York in Atem gehalten hatte, zogen wir uns in die dunklen Winkel im Park zurück. Son of Sam tötete weiße Frauen. In unserer dunklen Haut waren wir sicher.

Im selben Jahr allerdings starben am Times Square braune Mädchen. Obwohl wir weit entfernt in Brooklyn lebten, waren ihre Geschichten greifbar nah und verfolgten uns nachts. Man fand ihre Leichen eingerollt in Teppichen, hinter Mülltonnen oder nackt im East River, mit durchgeschnittenen Kehlen in den Toiletten von Pornokinos an der Fortysecond Street. Wir wussten, das Überqueren dieser Brücke bedeutete, auf derselben Flussseite zu sein wie jener Platz namens Times Square, wo Mädchen wie wir von Zuhältern geschnappt und mit Drogen vollgepumpt wurden, um den Rest ihres Lebens damit zu verbringen, die Eighth Avenue entlangzugehen und den Kopf in langsam fahrende Autos zu stecken. Davor hatten wir noch mehr Angst als Angela zu verlieren.

Am Montag sehen wir sie bestimmt. Doch der Montag kam nie. *Sie kommt wieder zurück*, sagte ihr Lehrer an der Joe William's School of Dance. *Aus so einem Talent muss etwas werden.*

Wir hatten große Angst. Angela war in einer Pflegefamilie auf Long Island, hörten wir. Oder war es Queens? Bei einer Tante? Oder war es ein Heim? Wir waren vierzehn. Es gab so vieles, das wir nicht wussten.

Eines Abends kam mein Vater auf Zehenspitzen mit einer anderen Frau nach Hause. Ich hörte Eis in Gläsern klirren und leises Lachen. Der Regen prasselte hart gegen die Fensterscheiben. Der Geruch von Feuchtigkeit umgab uns. Ich hörte das leise *Plink*, als das Eis wieder auf den Grund der fast leeren Gläser fiel. Wo war Schwester Loretta? Ich zog mir die Decke über den Kopf und griff nach der Hand meines Bruders.

Am Morgen waren die Gebetsteppiche noch da, allerdings zusammengerollt an der Wand. Draußen lag Brooklyn in strahlendem Blau. Wolkenlos. Auf der Straße kreischten schon Kinder und riefen sich beim Namen. Als ich auf Zehenspitzen ins Wohnzimmer ging, zog die Frau auf dem Sofabett die Decke über sich, aber vorher sah ich noch ihre großen Brüste und die dunklen Nippel.

Bist du seine Kleine?, fragte die Frau.

Sylvias Vater hatte einen Plan für sie. Eines Morgens tauchte ihr erster Freund an ihrer Tür auf. Er hatte braune Haut und war groß, Kapitän im Basketballteam der Highschool im Viertel. *Warte bitte einen Moment*, sagte ihr Vater. Als er zurückkam, zielte er mit einer .22er auf die Brust ihres Freundes.

Ich werde für meine Tochter im Gefängnis sterben, sagte er, die leise Stimme höher, als Sylvia sie je gehört hatte. So hoch und leise, dass sie nicht schreien konnte. Sie stand nur da, die Hand auf dem Mund, während ihr Vater die Waffe höher hob und ihr Freund die Augen schloss und flehte: *Bitte, Gott, bitte*, bis ihr Vater die Waffe senkte und sagte: *Geh nach Hause zu dem Gott, an den du glaubst, und lass dich hier nie wieder sehen.*

Ihm war nicht klar, dass er Sylvia schon verloren hatte.

Es hat höllisch wehgetan, erzählte sie uns flüsternd. *Und dann irgendwann nicht mehr. Es war auch nicht gut, wie es eigentlich sein sollte. Aber es hat nicht mehr wehgetan.*

—

Bitte, drängelte Jerome. Aber ich sagte: *Nein. Alles, nur nicht das.* Am Abend hörte ich die Frau, die nicht Schwester Mama Loretta war, den Namen meines Vaters rufen. Am Morgen zog sie den Bademantel meines Vaters vor der Brust zusammen, machte Instantkaffee und saß rauchend an unserem Küchentisch.

Ach, mach es doch einfach, sagte Sylvia. *Er ist zu gut, um ihn sich entgehen zu lassen.*

—

Dann verschwinde, sagte Jerome schließlich. *Verschwinde einfach.*

Und ich verschwand.

—

Ich hielt an meinem Körper fest, und mein Bruder hielt an seinem Glauben fest und holte meinen Vater schließlich wieder zurück. An den Wochenenden verließen sie frühmorgens das Haus, verbrachten den Tag in der Moschee und kehrten dann spätabends zurück, düster und leise sprechend, ihren Koran in den schwarzen Aktentaschen, die sie immer bei sich hatten.

Unser kleines Bücherregal füllte sich allmählich mit anderen Büchern – *Wie man sich richtig ernährt; Botschaft an Schwarze in Amerika; Der Niedergang Amerikas*. Gemeinsam saßen wir bis spätabends am Küchentisch, mein Vater und mein Bruder vertieft in ihre Nation-of-Islam-Lektüre, ich blätterte langsam die Seiten meiner Schulbücher um. Plötzlich war ich hungrig nach dem Leben außerhalb Brooklyns, nach etwas Komplizierterem, Größerem. An manchen Abenden schaute mir mein Vater über die Schulter und wollte etwas über Geometrie, Arthur Millers *Hexenjagd*, die UdSSR wissen. Ich starrte ihn an und zuckte lustlos mit den Schultern, eine Antwort war mir zu anstrengend. Mein Vater tätschelte mir die Wange, murmelte: *Ich möchte, dass du eine Frau kennenlernst*, und widmete sich wieder seiner Nation. Ich steckte die Nase wieder in meine Bücher. Denn was gab es sonst? Früher hatten mein Bruder und ich am Fenster gesessen und das Leben beobachtet. Jetzt steckten wir tief in diesem Leben und versuchten, unseren Weg darin zu finden. Ich kochte Sachen, die sie essen würden, Omeletts und Auberginen, Bohnenaufläufe und gebratenes Gemüse, Blattsalate mit Tomaten und Zwiebeln, gegrilltem Fisch und Olivenöl. Ich war fast so groß wie mein Vater, unsere Samstage in Coney Island lagen lange hinter uns. Hotdogs und Maiskolben von Straßenverkäufern gehörten jetzt zu einem anderen Planeten und einer anderen Zeit.

Das Büro der Frau war klein und roch nach Moschusöl. Das Gesicht unter ihrem Hidschab war glatt und gefasst, aus bestimmten Blickwinkeln sah sie nicht älter aus als Jerome.

Bruder, sagte sie zu meinem Vater.

Schwester, erwiderte er leise. *Das ist meine Tochter.*

An der Wand hinter ihr hingen Diplome, auf denen in fett gedruckten Buchstaben ihr Name stand.

August, sagte sie, nachdem mein Vater gegangen war. *Du sollst wissen, dass du mir vertrauen kannst.*

August, sagte sie. *Erzähl mir von deiner Mutter.*

Orba (feminin), das lateinische Wort für verwaist, elternlos, kinderlos, verwitwet. Früher hatte ich geglaubt, bestimmte Verluste wären unbegreiflich, dass die Sprache die Ungeheuerlichkeit des Todes nicht erfassen könnte. Doch sie kann es. *Orbus, orba, orbum, orbi, orbae, orborum, orbo, orbis …*

Die Abkürzung von der U-Bahn führte durch den Irving Park, vorbei an den Jungs, die Bälle in Körbe warfen, an den Handballspielern mit ihrer einen beschuhten Hand. Abends verwandelte sich dieser Park oft in eine Party, auf der schemenhafte Silhouetten zur Musik des DJs tanzten und Pärchen in dunklen Nischen verschwanden. Doch es war Frühlingsanfang, die DJs jammten noch nicht. Mit gesenktem Kopf schlenderte ich durch den Park und dachte an das AP-Examen, das ich am kommenden Montag ablegen würde.

Als ich aufschaute, fiel mein Blick auf Sylvia und Jerome, ihr Kopf auf seiner Schulter, ihre kleinen Hände warm in seinen. Ich kannte diese Wärme, diese Art des Haltens.

Sylvia?

August. Hey.

Selber hey.

Wenn du fünfzehn bist, überwiegt der Schmerz den Verstand und trifft mitten ins Mark. Keine Ahnung, wie lange ich dastand und die beiden anstarrte, bis Jerome seine Hand aus Sylvias löste und Sylvia langsam zurückwich.

Wohin gehst du?

Wenn du fünfzehn bist, stürzt die Welt in einem Augenblick zusammen, es ist anders, als wenn du mit acht erfährst, dass deine Mutter ins Wasser ging – und einfach immer weiterging.

Wenn du fünfzehn bist, kannst du dir nicht mehr vormachen, dass alles wieder so wird, wie es früher war. Deine älter werdenden Augen erzählen eine andere, wahrere Geschichte.

Linden, Palmetto, Evergreen, Decatur, Woodbine – dieses Viertel war früher ein Wald. Und dann wurden die Straßen nach den Bäumen benannt, die einmal hier wuchsen.

Es ist verrückt, sagte Sylvia. *Die Art, wie das mit mir und Jerome passiert ist. Sei nicht sauer. Ihr wart ja nicht mehr zusammen. Ich wollte es dir erzählen.*

Was ist mit Jura?, hätte ich sie am liebsten gefragt. *Was ist mit deinem Vater?* Und die Frage, groß wie das Schweigen zwischen uns: *Was ist mit mir?*

Mein Geografiebuch hatte mir die Komplexität der Welt gezeigt, und am Abend saß ich darübergebeugt, hungrig und fasziniert von den vielen Orten dort draußen, jenseits von Brooklyn – Mumbai, Kathmandu, Barcelona –, überall, nur nicht hier.

Wenn auf Fidschi jemand starb, wurde ein ausgewählter Angehöriger erwürgt, damit der Verstorbene im Jenseits nicht allein war.

Du hast gesagt, sie kommt morgen und –, sagte mein Bruder.

Ich war lange ganz sicher, dass es stimmt.

14

Wann ist dir zum ersten Mal klar geworden, dass deine Mutter tatsächlich gestorben ist?, wollte Schwester Sonja wissen.

Draußen sah ich die Bäume, die den Fort Greene Park säumten. Es war klar, warm, Frühlingsbeginn. Auf dem Fensterbrett stand der Efeu, die Blätter rankten sich ordentlich den Sims entlang und dann nach unten. Die Fenster waren vergittert, obwohl sich ihr Büro im sechsten Stock befand. War irgendwann jemand an ihr vorbeigerannt? Und gesprungen?

Ich schaute zu ihr auf.

Wieso glauben Sie, dass meine Mutter gestorben ist?

Es vergingen drei Monate, dann sah ich Sylvia wieder. Sie trug ihre Schuluniform, ihr Bauch drückte gegen die Knöpfe. Sie winkte mir von der anderen Straßenseite über den zweispurigen Verkehr hinweg zu.

August!

Aber ich stand im Begriff, Brooklyn zu verlassen. Eigentlich war ich schon weg.

Es wurde das Jahr, in dem ich mich voll und ganz auf die Schule konzentrierte. Es wurde das Jahr der Vorbereitungskurse und Eignungstests, ich streckte mich Neuem entgegen, Unbekanntem, einer Sache namens Eliteuni. Weil Bushwick früher ein Wald war und man uns Gettomädchen genannt hatte, obwohl wir schön waren und Arm in Arm gingen und auf unseren T-Shirts unsere Namen und Sternzeichen prangten.

Ich holte die Urne herunter, die, solange ich denken konnte, oben auf dem Bücherregal stand, nahm den Deckel ab und schaute hinein.

Meine Mutter ging ins Wasser.

Ich nahm die Urne mit in das Zimmer, das ich noch immer mit meinem Bruder teilte, und stellte sie auf den Nachttisch neben meinem Bett. Die ganze Nacht lang berührte ich sie mit einer Hand.

Die Erde besteht zu siebzig Prozent aus Wasser. Da ist es schwer, nicht hineinzulaufen.

Am Abend bevor Gigis Theatergruppe *Jesus Christ Superstar* aufführte und sie die Rolle der Maria Magdalena spielte, rief sie mich an, und ich musste ihr versprechen, mit Sylvia in der ersten Reihe zu sitzen. *Vergiss es einfach*, sagte Gigi, *das Kind ist schon unterwegs, und du wolltest Jerome doch sowieso nicht*. Sie wollte einen Mantel auf einen Sitz legen, falls auch Angela kam.

Kann es nicht wie früher sein?, sagte Gigi. *Für mich?*

Doch als ich an dem Abend meinen Mantel anzog, hielt ich inne und erinnerte mich an Sylvias Bauch, an die mit Asche gefüllte Urne und den Jungen, der mir damals zugezwinkert hatte. Ich saß auf der Bettkante und erinnerte mich an meine Kindheit in SweetGrove, an Clydes Lachen und an meine Mutter mit dem Messer unterm Kopfkissen, an Schwester Lorettas Hände, die kreisend den Küchenboden schrubbten.

Ich saß in der stillen Wohnung und fing an, in meinem Mantel zu schwitzen. Ich saß auch noch da, als das Stück schon lange zu Ende war.

Gigi patzte. In der letzten Strophe von »I Don't Know How to Love Him« versagte ihr die Stimme, der Fehler hallte durch den ganzen Zuschauerraum. *Alle lachten*, hörte ich später. *Der ganze Saal. Alle. Wir wollten das nicht. Wir wussten doch nicht …*

Sylvia war nicht erschienen. Gigis Mutter war nicht erschienen. Die Mäntel auf den für uns reservierten Plätzen blieben liegen, bis die Freunde von Gigis Kollegen ihre Mäntel wegnahmen und nur noch ihre dalagen.

Zwei Schritte nach links oder rechts, vor oder zurück, und schon steht man außerhalb seines Lebens.

Der Freund von einem Freund kannte jemanden, der im Chelsea Hotel lebte. Die Party nach der Vorstellung fand im elften Stock statt.

Wer war da und sah, wie Gigi die Füße hob und flog?

In jenem Jahr reichte ihr das Haar weit über den Rücken. Meistens trug sie es zu einem Zopf geflochten. Am Abend der Aufführung trug sie es jedoch offen und ließ es über die Schultern wallen. Schwebte es wie ein Flügel in der Nacht in Chelsea? Glaubte sie wirklich, dass es jenseits der fünfzehn nichts gab?

Wenn die Stämme auf Fidschi ihre Lebenden wirklich zu den Toten schicken, dann hätte ich mit ihr fliegen sollen. Oder Angela. Doch wir blieben auf der Erde. Wir glaubten, wir hätten keine Flügel.

15

Als ich in Providence, Rhode Island, aus dem Bus stieg, war ich allein. Ich hatte es so gewollt – außerhalb von Brooklyn auf mich allein gestellt, ohne Vergangenheit, nur das Jetzt und die Zukunft.

Auggie, verbesserte ich den Professor am ersten Tag. *Ich heiße Auggie. Ich bin hier, weil ich schon als Kind den Tod und das Sterben besser begreifen wollte.*

Das ist verrückt, erwiderte der weiße Teufel von einem jungen Mann, der mein erster Freund werden sollte, seine Haut so hell, dass die blauen Adern durchschienen, und fügte dann hinzu: *Ich auch.*

Wie fängt man an, die eigene Geschichte zu erzählen? Als ich das Art Ensemble of Chicago zum ersten Mal hörte, musste ich schmerzhaft an Gigi denken. Woher hätten wir das wissen sollen? Roscoe Mitchell am Saxofon, Lester Bowie an der

Trompete, das tastende Zusammenfinden von Hörnern und Trommeln und Glocken zu Musik, bis so viel Schönheit in die Welt stieg, dass man fast zu atmen vergaß. Wie hatte Sylvias Philosophie zitierendem Vater das entgehen können? Wie konnte mein in Trauer versunkener Vater nicht wissen, dass es Männer gab, die das durchlebt hatten, die seine Geschichte erzählen konnten? Warum hatten wir vier bei Rod Stewart und den Tavares und der Hues Corporation mitgesungen und das Radio nicht ein wenig nach rechts oder links gedreht, um Cecil Taylor, Ornette Coleman, Miles Davis zu entdecken?

Und warum hörten wir nicht Carmen McRae singen, wenn wir den Kopf ans Herz der anderen legten? In Angelas geballten Fäusten taumelte Billie Holiday an uns vorbei, und wir kannten ihren Namen nicht. Nina Simone sagte uns, wie schön wir waren, aber wir hörten ihre Stimme nicht.

In meinen Zwanzigern schlief ich mit weißen Typen, die Jazz hörten und keine Fotos an den Wänden hatten. Wenn ich ihre widerstrebenden Köpfe nach unten schob, dachte ich an Brooklyn, an Jerome und Sylvia, Angela und Gigi. Ich schrie auf, wenn ich braune Männer fluchen und Bowies klagende Trompete hörte. Wenn ich meine Liebhaber in mich schob, schloss ich die Augen vor den Gesichtern, die früher für mich dem Teufel gehört hatten, sah mich dann wieder zu Hause, umgeben von meinen Mädchen, alle vier lachend. Und lebendig.

Auf den Philippinen küsste mir ein schöner brauner Mann die Füße und sagte: *Hier fängt man immer an.* In Wisconsin versprach ich meiner Mitbewohnerin und späteren Geliebten, dass ich immer bei ihr bleiben würde. Nach einigen Monaten – die Seiten meiner fertigen, geprüften Dissertation lagen zerstreut zwischen uns auf dem Boden – küsste ich sie im Schlaf auf den leicht geöffneten Mund und verließ sie in derselben Nacht. Auf Bali wartete ich in der Dunkelheit auf einen schönen Schwarzen. *Sag es*, flehte er mich an, während wir uns mit einer Lust aneinanderschmiegten, dass wir laut lachen mussten. *Es sind nur drei verdammte Worte.*

In Korea wurde ich dreißig und weinte eine Woche lang, weil ich dachte, ich sei schwanger. Dann weinte ich noch eine Woche lang, als schließlich feststand, ich war es nicht. Im Hintergrund sang Abbey Lincoln »It's Magic«, und vor mir sah ich wieder meinen Bruder und mich am Fenster stehen und auf die unten spielenden Kinder blicken.

In einem Café in San Francisco fragte mich mal eine Frau, mit der ich acht Monate lang zusammengelebt hatte, warum ich mit geballten Fäusten schliefe.

Tu ich das?

Ja, sagte sie.

Einmal hätte ich fast gesagt: *Meine Mutter war lange nicht tot.* Aber dann ließ ich es.

16

Als ich sechzehn war, kehrte mein Vater mit uns im Herbst noch einmal nach SweetGrove zurück. Wir nahmen den Zug nach Tennessee, mieteten uns dort ein Auto und fuhren eine Stunde lang zu unserem früheren Grundstück. Das Laub verfärbte sich langsam, aber die Luft war noch heiß und drückend. Wir kamen frühmorgens an. Mein Bruder und ich sprangen aus dem Auto, als wären wir wieder Kinder, und rannten auf der unbefestigten Straße zum Haus. Doch wo es einst gestanden hatte, wuchs jetzt Unkraut, größer als wir und dick wie Stangen. Ich roch das salzige Wasser. Wir standen da und schwiegen. In der Stille hörten wir das leise Schwappen des Sees. Ich nahm die Hand meines Bruders, und gemeinsam gingen wir stumm auf ihn zu. An den Bäumen hingen orangefarbene Schilder. BETRETEN VERBOTEN. PRIVATGRUNDSTÜCK. Wir gingen trotzdem weiter. Das Wasser war dunkel, fast schwarz neben den leuchtend gefärbten Bäumen.

Wann war dir klar, dass deine Mutter tatsächlich tot ist?, würde Schwester Sonja Monate später wieder fragen.

Nie. Jeden Tag. Gestern. Genau in diesem Augenblick.

Als mein Vater mit uns ans Wasser zurückkehrte.

Ich hörte unseren Vater näher kommen. Selbst hier, weit entfernt von Brooklyn, waren seine leisen, langsamen Schritte vertraut wie die Zeit.

Draußen auf dem See paddelte jemand gemächlich am Saum der Kiefern entlang. Am tiefsten Punkt fiel das Wasser sechs Meter tief ab. *Ich bin höchstens mal mit den Zehen rein*, sagte meine Mutter. *Ich wollte das Wasser nur an den Füßen spüren, mehr nicht. Und in seiner Nähe sein.*

Nach der Beerdigung fragte mich mein Bruder in dem Diner plötzlich: *Warum hast du das immer gesagt? Warum hast du mir immer erzählt, sie kommt morgen und morgen und morgen?*

Ich sagte lange nichts und dann schließlich:
Weil das meine feste Überzeugung war. Dass sie an einem dieser Morgen kommen würde.

Irgendwo vor der Küste von South Carolina stürzte sich eine von Sklavenfängern verschleppte Gruppe des Igbo-Volkes ins Wasser. Sie waren überzeugt, dass, nachdem das Wasser sie hierhergebracht hatte, es sie auch wieder nach Hause bringen würde. Sie waren überzeugt, ins Wasser zu gehen sei weitaus besser, als ein Leben in Skalverei zu verbringen.

Als ich Angela wiedersehe, bin ich im ersten Jahr an der Brown und sitze an einem Freitagabend in meinem Zimmer. Ein junger Mann, mit dem ich vorhabe zu schlafen, hat seinen Kopf auf meinen Schoß gelegt. Plötzlich erscheint sie auf dem Fernsehbildschirm, dunkler als in meiner Erinnerung, das Haar lang und geglättet. Aber ihr Gesicht ist unverändert, markant und schön. Der Film handelt von einer Tänzerin, die unbedingt die Hauptrolle in *La Sylphide* tanzen möchte, als ihr Verlobter sie verlässt und die Geschichte ihr eigenes reales Leben spiegelt. Angela ist fantastisch auf der Bühne, etwas dünner als früher, aber muskulös und gewandt.

Als sie in Richtung Kamera tanzt, rufe ich ihren Namen.

Angela!

Der junge Mann fragt, ob ich sie kenne.

Sie ist scharf, sagt er.

Angela, flüstere ich. *Du hast es geschafft*.

Hinter meinem Bruder und mir sagte mein Vater, es sei an der Zeit aufzubrechen, aber keiner rührte sich von der Stelle.

Ein leichter Wind kam auf und raschelte in den Blättern. Der Mann in dem Kanu hatte aufgehört zu paddeln und warf jetzt eine Rute ins Wasser. Flussbarsch. Forelle. Vielleicht Katfisch, aber ich bin mir nicht sicher.

Das ist Erinnerung.

Das Wasser schwappte langsam ans Ufer und zurück. Die Sonne ging allmählich unter. Ich nahm die Hand meines Bruders und hielt sie fest. Wir hatten keine Verwandten mehr in Tennessee und wollten die Nacht in einem Hotel verbringen, irgendwo Andenken kaufen. Morgen am Spätnachmittag würden wir in unser gemietetes Auto steigen und uns auf die lange Heimreise nach Brooklyn begeben.

Ich hob den Kopf, betrachtete die sich färbenden Blätter und dachte, dass wir alle irgendwann heimkehren. Irgendwann wurde das ganze Leben, alles und jeder, Erinnerung.

Über das Schreiben von *Ein anderes Brooklyn*

Einen Roman zu schreiben heißt, sich der Vergangenheit, dem Erhofften, dem Vorgestellten zu öffnen. Es ist eine emotionale Reise, die bisweilen von Figuren beschwert wird, deren Handlungen und Gedanken sich nicht immer mit denen der Autorin decken. Ich werde oft gebeten, das zu erklären, und stelle fest, dass ich es nicht kann – wenn ich in meinem Roman bin, ergibt das Sinn. Doch sobald ich aus der von mir erdachten Welt auftauche, fällt es mir schwer, mich in die Zeit vor dem Schreiben zurückzuversetzen. Wahrscheinlich haben die beschriebenen Figuren in vielerlei Hinsicht schon immer irgendwo existiert.

Lange bevor ich anfing, das Leben von August, Gigi, Angela und Sylvia zu skizzieren, dachte ich darüber nach, was es heißt, in diesem Land als Mädchen aufzuwachsen – und dann erinnerte ich mich und stellte es mir, wie Rilke einmal schrieb, als »das Mächtige, Ungemeine, das Erwachen der Steine« vor. Obwohl *Ein anderes Brooklyn* fiktiv ist, habe ich in den Jahren des Schreibens in meinen

Figuren gelebt und mir Fragen über ihr Schicksal gestellt – wer kommt groß raus, wer nicht, wer lebt, was werden sie tragen, tun, sagen, wie lang oder kurz sind ihre Haare, wie alt werden sie am Anfang und am Ende sein?

Wen werden sie lieben? Wie werden sie uns verlassen, und was werden sie hinterlassen?

Und vor allem: Was steckt hinter der Geschichte?

Wenn ein Roman auf dem Papier Form annimmt, lässt es sich kaum vermeiden, dass das Leben der Figuren sich mit dem der Autorin überschneidet. Wenn wir die Geschichten und Handlungen unserer Figuren auspacken, packen wir unwillkürlich auch die eigene Vergangenheit aus. In *Ein anderes Brooklyn* habe ich auf meine Teenagerzeit zurückgeblickt, sie zutage gefördert und dabei die große Liebe zu meinen Freunden wiederentdeckt, die überraschende Freude und Angst der ersten Liebe, den unbedingten Willen, durchzuhalten, und die zeitlupenartige Grausamkeit, mit der die Kindheit endet.

Als ich mit dem Schreiben von *Ein anderes Brooklyn* anfing, interessierte mich besonders, was uns als junge Menschen verbindet und was die Parabeln dieser Verbindungen sind. Ich wollte die Geschichte in Bushwick ansiedeln, dem Viertel meiner Kindheit, dem Viertel, das ich früher so gut kannte.

Eine Autorin schreibt, um etwas festzuhalten. Ich wollte das Bushwick meiner Kindheit auf Papier bannen – deshalb schuf ich vier Mädchen, die mich zugleich faszinierten und mir fremd waren, und dabei entfernte ich mich weit von meiner eigenen Kindheit. Dann ließ ich sie in einem Viertel agieren, das mir früher so vertraut war wie Luft.

Ich wusste nicht, was August, Sylvia, Angela und Gigi tun oder wie sie es tun würden. Ich wusste nicht, wer leben würde und wer nicht. Ich wusste noch nicht, was ich fühlen würde oder wie ich mich am Ende fühlen wollte. Aber ich schrieb in dem hoffnungsvollen Wunsch, dass die Mädchen überleben würden. Ich schrieb mich an den Fragen entlang, die mich bewegten, als könnte ich sie mit meinen Worten durchpflügen, um am Ende bewusster und klarer zu sehen.

Weiß ich jetzt mehr? Über die Kindheit und Jugend von Mädchen? Darüber, was es heißt, eine *woman of color* zu sein, lebendig, sichtbar und bewundert? Darüber, was es heißt, an einer Liebe festzuhalten und sie dann, ebenso schnell, wieder loszulassen? Ich glaube schon …

Ein anderes Brooklyn war für mich eine Reise. Als ich von dem fertigen Manuskript aufschaute, war ich etwas älter, nachdenklicher und sehr dankbar für das Dorf der Frauen, die mir während des Schreibens eine Stütze waren: meine Partnerin Juliet Widoff; meine Schwestern von anderen Müttern – Linda Villarosa, Jana Welch, Toshi Reagon, Bob Alotta, An Na, Cher Willems, Nancy Paulsen, Kathleen Nishimoto, Kirby Kim, Charlotte Sheedy, Jane Sasseen, Jayme Lynes, Odella Woodson … die Liste ließe sich endlos fortsetzen.

Meine Brüder von anderen Vätern – Ellery Washington, Nick Flynn, Chris Myers, Kwame Alexander, Jason Reynolds … auch diese Liste könnte endlos weitergehen.

Dieses Buch gäbe es nicht ohne meine Leute aus der Vergangenheit – Donald Douglas, Michael Mewborn, Maria und Sam Ocasio, Renée und Emilio Harris, Sophia Ferguson und Pat Haith.

Tracy Sherrod und Rosemarie Robotham haben mir geholfen, diesem Roman eine Form zu geben, die nicht nur Menschen in meinem Kopf verstehen konnten. Danke.

Am Ende des Tages lebt eine Autorin allein mit ihrer Geschichte, kämpft mit Figuren und Schauplätzen, mit der Art, wie eine Szene aufscheint und wieder verblasst. Manchmal fällt es mir leicht zu schreiben, und ich muss nicht darüber nachdenken. Dann wieder verwünsche ich die Macht der Muse. Doch während des Prozesses empfinde ich jeden Tag tiefe Dankbarkeit.

Zitiert wurde aus:

The Hues Corporation, *Rock the Boat.* © by Wally Holmes/The Hues Corporation, 1973 RCA Records: S. 26

Nina Simone, *Just Like Tom Thumb's Blues.* © by Bob Dylan, 1965 Columbia Records: S. 70

Dorothy Moore, *Misty Blue.* © by Bob Montgomery, 1967 RCA Records: S. 92

Langston Hughes, *Dream Boogie* in: Langston Hughes, Montage of a Dream Deferred. © 1951 Henry Holt and Company, New York: S. 101